文春文庫

夜の署長3

潜熱

安東能明

文藝春秋

夜の署長３　潜熱／目次

夜の署長3　潜熱

ホスト狩り

1

ネオンのともり始めた歌舞伎町は、コロナのせいで人通りも少ない。キャバクラに出勤途中の女性や、学生風の男が肩をすぼめながら歩いているだけだった。巡回中の古城《こしろ》美沙《みさ》巡査部長が、花道《はなみち》通りのゆるやかなカーブにさしかかったとき、悲鳴が聞こえた。ホストクラブの看板が掲げられた真下で、派手な緑のスーツを着た男が、ふたりの男たちから袋だたきに遭っていた。古城の隣にいた筒見《つつみ》康太《こうた》巡査部長が駆けだした。

古城は無線機を口元にあてがう。

「歌舞伎町にて暴行現認《げんにん》。場所は花道通り、風林会館《ふうりんかいかん》手前の路上」

筒見に気づくと、暴行犯はその場を離れ、一目散に逃げていく。

「マル被二名、明治通りの方向に逃走。それぞれ、グレーのドレスシャツと黒のジャージ上下」

筒見はそう伝えると、男たちを走って追いかけていった。

歩道のポールを抱きかかえるように、スーツの男が横たわっている。金髪で色白、ピアスが外れて耳に血がにじんでいる。歳は二十二、三か。一目でホストとわかる風貌で、マスクはしていない。古城は膝を折り、後ろ側から声をかける。

「大丈夫？」

男は腹を押さえながら、呻くだけで返事がない。

古城は救急車を呼び、男には触らずに元気づける。

「どの辺が痛い？」

「ここ」

下腹を示す。さほど顔色は悪くない。

すでに花道通りからは、襲撃犯も筒見の姿も見えなくなっていた。

「あなた、どこの店？」

男は、頭上の看板を指さした。

「コロニー？」

古城が確認すると、男は何度かうなずいた。

やはり、グループFの系列店か。これみよがしに、こんな場所でやるなんて。

「いまの連中は知ってる？」

男は苦しげに首を横に振る。

男に名前や連絡を取れる人を尋ねていると、筒見が戻ってきた。

「車で逃げられました」

明治通りに停めていた車に乗り込んで逃げ去ったという。ナンバーも見えなかったらしい。

「グループF系列店のホスト、蒼也《そうや》」古城が看板を指さしながら、筒見に囁《ささや》く。「深手じゃない」

看板には大きな顔写真が貼られており、横にはsouyaと記されていた。

「どんぴしゃの場所でやられましたね。いまの連中は水元《みずもと》組ですか」

水元組は、関東を拠点にする指定暴力団、倉松《くらまつ》会系の第四次団体だ。

「防カメ見ればわかるわよ」

歌舞伎町には五十五台の防犯カメラが設置されている。ほとんど死角はない。

「四人目だ」

「終わる見込み、なさそうね」

「ですね」

区役所《くやくしょ》通りで、グループF系列のホストクラブに所属するホストが水元組の組員から殴る蹴るの暴行を最初に受けたのは、いまから半月前の二〇二一年九月二十日のこと。コロナ禍が多少落ち着き、歌舞伎町に活気が戻りつつあった矢先の出来事だった。以降、九月に同じグループのホストが暴行を受ける事件が三件続いた。警視庁本部の組織犯罪対策第四課もこれを重大視し、新宿署に捜査本部を設置している。

ようやく、歌舞伎町交番の警官が到着した。古城が状況を説明していると、続けて救急車もやって来た。コロナ対策の防護服を着た救急隊員が、倒れたままのホストの容態を見てから車内に運び入れる。署から呼び出し電話がかかってきたので、あとは交番の警官にまかせると伝え、その場を離れた。

新宿署に戻ったときには、すっかり暗くなっていた。四階にある刑事課の大部屋は、十名近い当直員が各係のシマに散っていた。井原《いはら》警務課長が落ち着かない様子で立ち上がった。今晩の当直責任者だ。たったいま起きた事件の説明を求められるのだろうと思っていたのに、「下妻《しもつま》はどこだ」と上ずった声で訊いてくる。

「〝署長室〟にいるんじゃないですか」

筒見が答えると、井原はこめかみに青筋を立てて、「呼んでこい」と怒鳴った。

井原がぶつぶつ文句をたれていると、ドアが開いて、どっしりした体格の男が姿を見せた。植物柄のプリントTシャツとゆったりめのパンツ。素足にローファーを履《は》いたいつもの格好で、下妻晃《あきら》警部補が入室してきた。

井原が相好をくずし、下妻が座った刑事課強行犯第六係の統括係長席に歩み寄る。

「〝署長〟、またあったよー」

井原が甘え声で呼びかける。

千人の警官を抱える日本最大の警察署である新宿署は、夜間でも五十名近い当直者がいる。当直責任者は課長クラスの警部だが、往々にして現場経験が少ない。井原もそのひとりで、いざ事件発生のおりには、ベテランの下妻の機嫌を取りながら、その指示を仰ぐのが通例になっていた。古城はその下妻の部下である。

「何が？」

下妻が何気ない風を装って聞き返す。

「ホスト狩り」

そう言うと井原は古城を振り返った。「オジョウ、説明しろ」

古城はいましがた目撃した事件について話した。

古城はバツイチの三十六歳。小柄で、なかなかの美人とおだてられることもしばしばあるが、ふだんは地味目な服を選ぶ。きょうもボウタイブラウスにタイトスカートの組み合わせだ。

「そのホッターは大事なかった？」と下妻。

ホッターとはホストのことである。

「打撲程度でした」

「血を流してたんだろ？」

井原が訊いてくる。

「かすり傷だと思いますよ」

「じゃ、そういうことで」

下妻がさっさと話題を切り上げたので、井原は、

「ちょっと待ってよ。こう立て続けに起きてるんじゃ、見逃せないからさ。四課だって帳場《ちょうば》を立ててるし。うちの署長からも、どうなってるんだってさんざん言われて参っちゃうよ」

「小競り合いですから四課にまかせて、ほっときましょう」

下妻は取り合わない。

「いやいや、街からホストが消えちゃったじゃない」井原が食い下がる。「スカウトやキャバクラのボーイだっていなくなるしさ。警察は何やってるんだって、地元の商店街や記者連中までうるさいんだよ」

「ホストは逃げ足速いから、そう見えるだけですよ。そのうち収まりますから」

「そうか、そうかな……」

納得いかない顔でつぶやきながら、井原は課長席に戻っていく。

「係長、防犯カメラで被疑者を調べてみますね」

古城が言うと、下妻は黙ってうなずいた。

すでに筒見は、防犯カメラの回線をつなげて映像チェックに余念がない様子だ。小柄だが大学時代はラグビーに励み、SAT在籍中は狙撃を得意としていてリトルアサシンというあだ名までついた男だ。根っからの体育会系である。

古城も筒見にならって、ノートパソコンで作業をはじめた。該当する映像はすぐに見つかった。画面に映る男は、帽子を目深にかぶり、マスクを付けているため、人相はわからない。

「被疑者は特定できません」と下妻に声をかける。「もっと防犯カメラの映像を集めてみましょうか？」

歌舞伎町には、東京都が設置しているもの以外に、民間による防犯カメラもたくさんあるのだ。

「お、いいね、集めてくれ」

「どうして、グループFのホストが狙われるのかな」

「四課に訊いたんだけど、もともとは、水元組の組員がグループFのホストにぼこぼこにされたのが発端らしいですよ」

筒見が答える。

「そんなことがあったの？」古城は下妻を振り返った。「係長、本当ですか？」

「いや初耳」

「因縁でもつけられたのかしら」古城は訝《いぶか》しげに続ける。「帳場を立てても、四課は動かないし。一度、水元組へ行ってみますか？」

「おっ、そうきたか」下妻が反応する。「まず、ミヤとふたりで行ってみちゃどうだ」

「えっ、ホストクラブじゃないですよ。女ふたりじゃ無理です」

ミヤこと村上沙月《むらかみさつき》は、三宅島《みやけじま》出身の警官だ。

「女の子ふたりの方が手厚くもてなしてくれるしさ」

「うそばっかり。それより、グループFのオーナーの事情聴取が先です」

古城の言葉に、下妻は頭を掻《か》いた。

「恐れ入りました」

2

翌日。

古城は傘を差しながら、花道通りを村上と歩いていた。雨に濡れた歩道から、むっとするような熱気が立ち上ってくる。

「グループFのホストが水元組の組員を痛めつけたという話、本当ですか?」

黒スーツで決めた村上が言う。

「らしいわね」

「そんな腕の立つホストがいたら、ちょっと会ってみたい気もするけど」

「あんたって公私混同が激しい」

「そんな意味で言ったんじゃなくて」

「強い男が好きなら好きって言いなさいよ」

「まぁ、どちらかといえば」

国立大学まで出て、変わった好みだと言いかけたが、やめた。

「歌舞伎町のホストは一億円プレーヤーとかもいるし、金目当ての犯行と考えるのが普通だと思いますけどね」村上が続ける。「月間の指名本数が三百本超えするホストもいるくらいですから」

区役所通りをはさんで歌舞伎町二丁目の狭いエリアには、びっしり雑居ビルが並び、二百四十店舗のホストクラブが詰め込まれている。そこで血眼《ちまなこ》になって働く数千人のホストたちにとって、客から指名される数は人気のバロメーターだ。売り上げに直結するし、店側もそれを公表してホスト同士を競争させる。くわえてここ五年ほど、ホストクラブはバブル状態だ。コロナ禍でも、勢いはほとんど衰えを見せていない。

「札束抱えて歩くようなホストなんていないわよ。それより、あんた、暑くない？」

「あっ、これ」

思わず村上は自分が着ているスーツを摑んだ。

「行くところが行くところですから」村上は、薄いピンクのロングワンピースに身を包んだ古城を横目で見る。「古城さんこそ……」

「これでいいの」

宿直明けの眠さを押して、わざわざ中野坂上の自宅マンションに帰って着替えてきたのだ。

「フルメイクなのは、相手に自分のためにめかしこんできたと思い込ませるためですね」

ＦＢＩ心理分析官気取りの言葉にむっとする。

「わかってるじゃない」

「グループＦって、ホストである前に人であれ、がモットーらしいです」

「みたいね」

「そのぶん、内装が派手でエンタメに徹しているようです」

「ひょっとして、あんた、遊んだことあるの？」

「いえ、まったく」

新宿東宝ビルの裏手を左に曲がり、ホストクラブが軒を連ねる一角に入った。ライブハウスと風俗店が並び、その隣にきれいな五階建てのビルがある。ビル内の店舗のほとんどはホストクラブだ。ステンレスの手すりのついた階段を使い、三階まで上がった。薄暗い入り口に、売り上げ№１から№３までのホストのパネルが並んでいる。蒼也の写真もある。

パネルを眺めていると、奥から黒服が現れ、「ご指名でしょうか？」と声をかけられた。

「いえ」

コロニーはグループＦの旗艦店で、今月から三部営業に復帰して、昼から夕方六時まで開店している。

「初回になりますね。では、こちらに」

まごつく村上を従えて、古城は中に進んだ。

フェイスガードをつけた六人ほどのホストが待ち構えていて、弾けるような笑みを投げかけてくる。

服装はまちまちだが、Tシャツやパーカーなど、みなカジュアルな装いだ。

大音量でハウスミュージックが流れている。黒を基調とした、深海を思わせる空間に足を踏み入れると、頭上を3Dマッピングの青い光線が交錯する。可動式の席に着くと、おしぼりとメニューを渡され、システムを説明されたあと、ホストたちの顔写真が並んだタブレットを持たされる。

頃合いと思い、古城は警察手帳を見せながら、オーナーを呼んだ。黒服はすぐに退散し、入れ替わるように、ミュージックの音量が下がり、フロア全体が明るくなる。三十すぎくらいの美形の男がやって来た。男はマスクをつけスーツの懐から名刺入れを取り出し、恭《うやうや》しく古城と村上に名刺をよこした。名刺には、羽《う》川《かわ》ケイとある。

そのまま羽川は古城の横に腰を落ち着け、如才ない顔で用件を訊いてくる。

「コロナで大変でしょ」と古城は話題を逸らした。

「七月の緊急事態宣言の頃は店を開けられませんでしたからね。従業員の給料は払わないといけないし、身銭を切ってしのぎました。なんといっても従業員は大事な資産ですのっけから優良中小企業の社長のような言葉を吐く。

「教育に重きを置いていると伺っていますけど」

「はい。歩きタバコやゴミのポイ捨て禁止」真顔で続ける。「コンビニ前での買い食いも御法度《ごはっと》にしてますし、売り上げがどんなに多くても、横柄な態度は取らせないように指導しています」

「すごいわね」

「業界的には経験者を雇うのが通例ですが、うちは未経験者も雇います。中には童貞の子もいますが、彼らを一千万、一億円プレイヤーに育てるためには、接客マナーをはじめとした、徹底した教育しかないと思っています」ここで、羽川は声を低める。「で、きょうはうちの従業員への暴行事件の件ですよね」

古城が昨日、事件を目撃したことを話すと、羽川は身を乗り出した。

「ほんとですか?」

「犯人を取り逃がしてしまって、ごめんなさい。怪我がたいしたことなくて、よかった」

「ええ、不幸中の幸いというか」

「蒼也さんて№3なのね」

「そうですね。系列五店舗中でも、トップクラスの稼ぎ頭です」

羽川はタブレットで写真を見せながら、ついでに売り上げNo.1の遥斗《はると》の説明もしてくれた。遥斗はこの店舗の代表も兼務しているという。

「それでね、羽川さん、犯人はまだ特定されていないけど、心当たりはありますか？」

羽川は肩をすぼめ、首を横に振った。

「……ぜんぜん、わからないんですよ」

「かりによ、水元組の組員だとしたら、どう？　何か襲われるような心当たりはない？」

「それが……」羽川は困り果てた顔で言う。「うちの客層は若いし、従業員全員に訊いて回ったり、マネージャーにこれまでのトラブルを洗いざらい調べるように命令していますが、まったく、わからなくて」

「羽川さん個人で、何か恨みを買うようなことはないですか？」

「思いつきません」

「こちらのホストが水元組の組員に手を出したというお話もあるようですが」

横から村上が口を出した。

羽川がうなずき、

「それなんですが、相手はふたり組で、いきなり難癖をつけてきたらしいんです。たまたま、うちのはガテン系だったし、近くに仲間もいて、すぐに集まってきて反撃できたそうですが」

そんなことをされたら、ヤクザも面子が丸つぶれだ。当然、仕返しに来るだろう。

「そうだったの」古城は一拍、間を空ける。「こちらのグループは、五店舗を展開していますよね？」

「はい」

「競争が激しくなる中で、五店舗も持つのは大変じゃありませんか」

歌舞伎町のホストクラブは、色と欲で成り立っている世界だ。日々、生き馬の目を抜くような熾烈《しれつ》な営業合戦が繰り広げられている。

「広告も派手になる一方だし。それにしても、ここも内装がすごいわね」

目がちかちかする。

「はい、一億円かけましたから。計画だけで一年かかりました」

「お店を維持する費用もバカにならないと思うけど」

「年間、億単位で金が出ます。チームスワンからは、何か聞けましたか？」

ふいに飛び出た言葉が理解できなかった。羽川はいたって当然といった顔つきだ。

「チームスワンって？」と古城は訊き返した。

「ここの近くにあるホストクラブですか？」

村上が口をはさむと、羽川はうなずいた。

「そっちのホストも八月に襲われたような話を聞くものですから」

ここ以外のホストも襲われている？　村上が古城の出方を窺っているようだ。

「ヤクザ者にやられたんですか？」

「たぶん」

「そのチームスワン、こちらのお店と関係があります？」

「オーナーの根岸《ねぎし》とは、わたしがホスト時代からずっと親しくしていました。おたがいに店を持つようになって、いまはライバル関係です。この六月には、向こうから売り上げ合戦をしないかと持ちかけられて応じました」

コロナの緊急事態宣言が出ていた期間も、ほとんどのクラブは営業していたのだ。

「売り上げ合戦というと？」

「月間の売り上げ総額で勝負します。今回は負けた方が謝罪、それから相手方の宣伝広告にかかる経費を一ヶ月分出すという条件でした」

「どっちが勝ったの？」

「われわれです」

「失礼ですけど、ここだけの話ね」古城は念を押した。「チームスワンのケツ持ちは水元組？」

申し訳なさそうに羽川はうなずいた。

少し読めてきた。ホストクラブはどこも、バックに暴力団がいる。チームスワンも例外ではない。おそらく、グループFも。

「売り上げ合戦で負けた腹いせに、こちらのホストを襲ったのかしら」

「そこまではわかりません」

「四課には言わないから、羽川さん。おたくも頼りにしてるマル暴はいる？」

「菊本会《きくもと》」

羽川は、ようやく聞き取れるような小さな声でつぶやいた。

菊本会も歌舞伎町に根を張っている暴力団だ。水元組と同じく、倉松会系の四次団体である。

「わかりました。くれぐれも気をつけるようにホストの皆さんにはお伝えください」

「ありがとうございます」

店を出ると、ふたりは署に向かった。

「そもそもの発端は、売り上げ合戦で負けたチームスワンのオーナーが、水元組に泣きついて、グループFのホストを襲わせたけど、返り討ちに遭ったってことでしょうか？」

「どうかな」

「とにかく、ふたつのホストクラブグループが、互いのケツ持ちに、相手のグループを襲わせているという構図ですね」

「としても、ちょっと変」

水元組も菊本会も同じ倉松会系の四次団体だからだ。互いの組がケツ持ちになっているホストクラブを襲うというのも、いまひとつ筋道が通らない。

「ホストっていえば、熟女のキャッツアイ、目星がついたの？」

「いえ、まったく」

ここ数ヶ月、ホストの自宅に合い鍵を使って侵入し、現金や金目のものを盗む事件がたびたび起きている。容疑者は四十過ぎの女らしいが、それ以上の情報はまだ出てきていない。村上はこの事件の担当もしているのだ。

蒼也が襲われた場所を通り過ぎると、下妻からコロニーの聞き込みの結果を報告しろという電話が入った。十分もすれば署に着くのに、といぶかしみながらも状況を伝える。

「コロニーのホストで遥斗っているか？　いまし方襲われて重傷を負った」

「えっ、遥斗が？」

遥斗は、新宿医科大学付属病院に搬送されたという。

「わかりました。これからすぐ向かいます」

3

曙橋寄りにある病院の正面入り口には、パトカーが一台停まっており、合羽を着たふたりの巡査が警護に就いていた。病院本棟にある受付で、警察手帳を見せ遥斗の病室を尋ねると、救急センターでの処置を終え、一般病棟に移ったと伝えられた。エレベーターで十四階まで上がる。

病棟の奥まったところに、下妻と筒見が立っていた。病室の中では、ホスト仲間とおぼしき金髪の男が遥斗を見守っていた。下妻が男を廊下に呼び出しいったんマスクを外すように促した。整形しているらしく、不自然にとがった顎の持ち主だ。マスクをはめ直す。

男は遥斗と同じ店で働くリョウという名のホストで、遥斗は北新宿にある自宅マンションを出たところで、二人の男に暴行されたと言った。自分も同じマンションに住んでいて、少し遅れて出て、それを目撃したという。

「容態は？」

「頭をかち割られて」おどおど答える。「あんなにやられて……これまでで最悪です」

「暴行した連中の顔を見たか？」

「いえ、雨だったし、顔はうまく見えなくて」

「遥斗さんは何歳？」

「二十九です」

本名は渡辺孝広《わたなべたかひろ》だという。

「ずっといまの店？」

「いえ、去年、チームスワンから移って代表になりました。年間一億稼ぐナンバーワンプレーヤーです」

「チームスワンから？」思わず古城が口をはさんだ。「いきなり代表になったの？」

「そういう条件で来たみたいですから。チームスワンでも№1張ってたし。ぼくもチームスワンにいたけど、誘われて一緒に移籍しました」

「話せるか？」

下妻の問いかけに、リョウは首を横に振ったが、古城は筒見と村上をその場に残し、下妻とともに病室に入った。

女性看護師に警察手帳を見せて、容態を訊く。

「頭蓋骨《ずがいこつ》骨折で急性硬膜外血腫《こうまくがいけっしゅ》の診断が出ています。いまは面会謝絶ですから」

「ちょっと拝見」

下妻が横たわる男の顔を覗き込んだ。

包帯で頭をぐるぐる巻きにされ、左の目だけがうつろに開いている。

下妻は警察を名乗り、「犯人の顔を見たか？」と訊いた。

遥斗は首を横に振った。

「襲ったのはホストか？」

また首が横に振られる。やはりヤクザ者だろう。

「襲われる心当たりはあるか？」

遥斗は弱々しく視線を外した。

「……あいつに……やられた」

「誰にやられた？　心当たりがあるのか？」

遥斗の目が閉じた。それきり、答えなくなった。

すぐに看護師から出ていくように急《せ》かされ、病室をあとにした。

下妻は、心配げに突っ立っているリョウに詰め寄る。

「遥斗は襲ったやつを知っている。マル暴らしいが、水元組か？」

「わかりません」

「おまえたち、街で水元の組員に小突かれたりしてるだろ？」

「ないですよ」

リョウが否定する。

突然、乾いた銃声が聞こえた。下からだ。

いまのは。下妻の顔に緊張が走った。廊下にいた筒見が身を翻《ひるがえ》して、それを村上が追いかける。

古城も下妻とともに、廊下に出た。右手のすぐ先に窓があり、筒見と村上が背伸びをして下を覗き込んでいる。窓に駆け寄るが、雨の滴が垂れて、うまく見通せない。ぼんやりと、建物裏手にある駐車場の真ん中で、倒れ込んでいる人の姿が確認できた。スーツを着た男だ。

「撃たれた？」

下妻が口にした。

「だと思います」

言うが早いか、筒見がエレベーターの方向へ駆けだした。

下妻はそれに続き、古城も村上に声をかけて、小走りに向かった。

到着したエレベーターに四人して乗り込む。互いの顔を見ることもなく、黙ったまま揺られる。こんな日に、しかもこんな場所で……。

戸が開くと、音を立てて筒見が再び走り出した。それに続いて、古城も裏口の人だかりをかき分け、雨の降りしきる駐車場に出る。

宅配サービスのケースを乗せた自転車に、男がまたがっている。瞬く間に見えなくなった男を、筒見が怒鳴り声をあげ、急いで追いかける。

駐車場では、一台だけ空いたスペースの前で、白髪の男がひとり、固いアスファルトに顔を伏せるように倒れ込んでいた。体をかばう余裕もなかったようで、両手はだらりと体の横に垂れたままだ。灰色のスーツを着ており、背中に穴がふたつ開いている。

古城は男の上に傘を差しだした。下妻の太い指が男の頸動脈《けいどうみゃく》にかけられると、アスファルトに血が広がる。雨に打たれ、血の色はみるみる薄まった。

「緊急手配《キンパイ》をかけろ」

下妻が遅れてやってきた巡査を怒鳴りつけると、あわてて彼は本部を呼び出した。

「だめだ」

下妻が立ち上がって古城の傘を奪い取ると、男の上にかざした。
五、六人の病院職員が、倒れた男のまわりに群がっている。

ブルーシートを持ってきた村上が、下妻の手を借りて、倒れた男の上にそれをかぶせた。古城は男の周りに集まる人々を少し離れたところに連れていき、倒れている男のことを知っているかと尋ねた。

「安田《やすだ》理事長です」

五十がらみの白衣を着た男が青ざめた顔で答えた。

「この病院の？」

「はい。うちの医大の理事長です」

しばらくして、続々と警察車両が到着した。鑑識員が素早くテントを立て、倒れている男をブルーシートで覆う。

筒見が戻ってきた。自転車に乗った男のことは見失ってしまったという。

下妻が同僚の刑事たちに状況を説明している。白昼、こんなところで銃撃が起きていることが信じられなかった。自転車に乗った男の黒ずくめの姿が目に焼きついていた。

しかしそれは、ボウフラのように頼りない、ひとつの線に過ぎないように思われた。

対応に追われる下妻から、チームスワンの聞き込みに行けと命令され、古城は村上とともに病院をあとにした。

興奮冷めやらぬまま、地下鉄の曙橋駅まで歩いた。気が荒れていた。ホストらの傷害事件など、ひどくささいな事案に思えた。雨の中で倒れていた男の姿が頭から離れなかった。医大理事長ほどの人物が銃撃されるなど、よほどの事情があるに違いない。

村上はスマートフォンでチームスワンについて調べていた。歌舞伎町の中でも老舗のホストクラブから枝分かれしたグループで、高齢女性客も多いと言う。シックで紳士的、大人の対応が売りだと説明されたが、彼女の言葉はあまり頭に入らなかった。

バッティングセンターのすぐ南にある路地は、ネオンが瞬き始めていた。派手な電球が輝くビルに到着する。入り口からして、一昔前のホストクラブのそれだった。エントランスに、ふたりの女が吸い込まれていった。若作りしているが、どちらも三十過ぎだろう。

彼女たちのあとをついてチームスワンに入るも、気は鎮まらないままだった。あんな大事件が起こった直後なのだ。下妻からなんと言われようと、現場に残るべきだった。目撃者の聞き込みや遺留品の捜査など、多くの仕事があったはずだ。なのにこうして、こんなところで……。

現れた黒服の眼前に警察手帳を突きつけるやいなや、根岸の名前を出して奥に進んだ。ホール中央にはシャンデリアが輝き、天井を電球が埋め尽くしている。黄金色のオブジエがあちこちにある。静かなクラシック調の音楽が流れ、コロニーとはまったく異なる、古風な雰囲気だった。

ホストたちを引き連れるようにスタッフ専用ドアを開け、狭い通路を進んだ。廊下に月間売り上げの一覧表が張り出されている。呑気に思えて、引き破りたい衝動にかられた。黒服が事務所らしきドアを開けたので、部屋に入った。

Tシャツの上にベストを着た細面の男が、先のとがった革靴で床を踏みしめながら歩み寄ってきた。マスクはつけていない。センター分けした長髪を震わせ、「何なんですか？」と問いかけてくる。警察手帳をかざし、「オーナーの根岸さん？」と古城は言い放った。

「そうですけど」

「話を聞きたい」淡々とそう伝え、黒服を指さす。「人払いしてくれない？」

古城の態度に押されたらしく、男は言われたとおりに黒服を部屋から出し、ドアを閉めた。ソファにふたりを導き、あらためて用向きを訊いた。

「コロニーの遥斗ってホスト、知ってる？」

「うちにいたホストですけど」

見知らぬ男に暴行され重傷を負ったのだと話すと、根岸は特に驚いた様子もなく、

「そうですか」と受け流した。

「これまでで、いちばんひどい。下手をしたら命を落とすところだった。おたくのケツ持ちの水元組にやらせたの？」

根岸はのけぞるように、体を後ろ側に倒した。

「冗談、やめてくださいよ」

「あなた、グループFオーナーの羽川さんとは親しい？」

「まあ」

「最近喧嘩でもした？」

「そんな元気ないですよ」

「向こうに売り上げ合戦を持ちかけたらしいけど、理由あるの？」

「ライバル店同士、お互い切磋琢磨するにはいいじゃないですか。どこでもよくやってますよ」

「それに負けたから、グループFのホストを襲わせてるの？」

根岸は細い眉をしきりと動かした。

「そんなこと、ないですって」

「それとも、向こうにここの売れっ子ホストをごっそり引き抜かれて、頭にきた？」

「そんなこともありましたね」

「わたしは、遥斗への報復とグループFへの脅しと見ているけど、どう？　同じことをしたら、こうなるぞっていうみせしめの意味をこめて」

「移籍程度で揉めたりしないですよ。そんなこと、どの店でもありますから」

「こちらは素人の男性を雇いますか？」

と村上が口をはさんだ。

「いえ、経験者だけですけど」根岸は小馬鹿にしたような口調をやめない。「だいたい、歌舞伎町で素人のホストがどれだけいますかね」

コロニーとは違って、こちらは昔気質《かたぎ》のホストクラブのようだ。

「この八月です」村上が続ける。「こちらのホストが暴行を受けましたか？」

突飛な質問に、根岸は首を横に振り、「知りませんよ」と言った。

「シラ切ってもいいけど、店のホストたちには全員事情聴取するから、そのつもりでいてもらえる？」

こんなところで引き下がるわけにはいかない。

「はいはい、やられましたよ」

根岸は急に態度を変え、ふてくされるように言った。

「いつ？」

根岸は両手を膝にのせ、古城に顔を近づけた。

「そんな程度のことでお見えになったんですか？」

「それはこっちが判断する」

「いいですよ、言いますよ。やられたのは八月三日、深夜十二時十五分」

根岸は部屋の隅に行き、造り付けの棚の下にある、頑丈そうな耐火金庫を足で突いた。床に直接設置された電子キータイプの金庫で、三十センチほどの高さがある。ロックを解除し扉をあけると、中にはゴムでまとめられた札束がひとつ収まっていた。二百万ほどだろうか。

ここに賊が押し入ったのだろうか。そして、金を奪われた？

思わぬ展開になり、少し戸惑った。しかし、根岸の態度は完全に被害者のそれで、うそをついているようには思えない。ホストへの暴行などではなく、押し込み強盗についての聞き込みに来たと早合点しているようだった。それならそれでいい。

「そうならそうと、早く言いなさいよ」古城は言った。「うちにも、ちゃんと上がってるんだから」

「あっ、すみません」

根岸が頭を掻く。

「襲われたときの証拠はある？」

「その日、やられた連中がいます」

根岸がスマホで人を呼ぶと、三人のホストが慌ただしく入室してきた。

「あの日、ここにいた連中です。江口《えぐち》、説明しろ」

互いの顔を見合わせる三人に、根岸が状況を簡潔に伝えた。

黒髪を額に垂らした江口というホストが口を開く。

「あ、営業が終わって、客から預かった金を置きに来ましたけど」

「細川《ほそかわ》、おまえもだろ？」

「あっ、はい」

マッシュルームカットのホストが同じように肯定した。

「毎月の月初めが締めで、その晩は午前零時で営業を終わらせる決まりですから」

根岸が言った。

「締めというのは、ホストが客に貸した売掛金の回収日も兼ねている日ですね？」

村上が訊いた。

「ええ」

「締め日は公表していて、客もホストもその日に向けて盛り上がる」村上が言う。「だから、締め日には大金が転がり込む」

「給料日は月末だから、多いときは千万単位がこいつに収まる」

根岸が金庫を足で突いた。

ホストクラブの太客は、ほとんどがソープ嬢などの風俗関係者だ。ホストの口上に乗せられ、彼女らは一晩で数十万、数百万単位の金を注ぎ込むのだ。現金の持ち合わせがなければ、その分をホストが自腹で立て替え、一時的に店に払う。

「あんた、そんなぞんざいなことをすると金運が逃げてくわよ」

古城が呼びかけると根岸はちっと舌を鳴らした。

「いくらやられたの？」

もう一度古城が訊いた。

「四千万とちょい」

「そんなに？」

「あの晩は、たまたま系列五店舗の金がうちに集まる日でしたからね」

「たまたまって？」

「毎月、金を集める店を変えているんですよ。それを知ってるのはうちの内部の人間だけだ」

「じゃ、その情報が洩れたの？」

「ほかにないですね」

「賊は何人でしたか？」

村上が尋ねる。

「目出し帽をかぶったふたり組。裏口から入られて、オーナー室にいた俺に、刺身包丁をちらつかせて、金庫の暗証番号を教えろってすごんできた。向こうが背中を見せてる隙に、よしゃいいのに、こいつが賊のひとりに襲いかかろうとした。けど、足払いをくらって、ボコボコにされて」

細川は顔を引きつらせて、うつむいた。

「こいつ、まだ首が回らないんですよ」

細川は首に手をやり、「治んなくて」と応じた。

「あの連中、プロですよ」

「ヤクザ？」

「そうとしか思えない」根岸は壁によりかかり、煙草の火をつけた。

「洩らした人間はわかってるの？」

「わかりません。だから怖いんですよ。うちをターゲットにしたタタキリストでも出回っているんじゃないかと思って」

「警戒していなかったの？」

根岸は両手を上げ、

「どうして、警戒するんですか？」

「警察に届けなかった理由は？」

根岸は横を向き、ポケットに手を突っ込んで、部屋を行ったり来たりし始めた。

「売り上げの偽造伝票でも作ってるんじゃないでしょうね」

実際の収入から、相当数の額を引いて、収入を過少申告する脱税の手口だ。

細川がおどおどした顔で、古城に視線を合わせた。どうやら当たっているようだ。

警察に届け出を出せば、偽造伝票が発覚し、税務署の厳しい追徴《ついちょう》と指導に遭う。悪くすれば店がつぶれる。

「変なんですよ」根岸が煙草を持った手をしきりと振る。「裏口の鍵はかけてあったのに押し入られた」

「マル暴なら、わけない。ちなみに、おたくのケツ持ち、水元組だよね」

またしても、根岸は沈黙した。

「グループFが、ケツ持ちの菊本会に頼んで店を襲わせたんでしょうか？」

村上が耳打ちしてくる。

「どうだろう」

同じ系列の組同士だ。軽い暴行程度なら、互いに黙認するかもしれないが、押し込み強盗となれば話が違う。そのようなことはさすがに上部組織は許さないはずだ。

「襲った連中は金が集まる場所を知っているし、裏口から入っている。怪しいですよね」

月初めの歌舞伎町は、現金をたっぷりバッグに詰めた風俗嬢が闊歩《かっぽ》している。ホストクラブの締め日はどこもまちまちだが、歌舞伎町関係者ならみな知っている。しかし、金を集めている場所をピンポイントで当てるのは不可能だ。

「この女性客から話を聞くべきですね」

彼女らの口から、重要な情報も聞き出せるかもしれない。

常連客の話を聞きたい、と申し出ると、「さすがに客は勘弁してくれ」と根岸が返した。

「じゃあ、外で張り込むけどいい？」

「……わかりましたよ。いま連れてきますから」

根岸が従業員に声をかけると、三人は部屋から出ていった。

しばらくして、ふたりの女性客がやって来た。店側の人間には部屋を出ていってもらい、質問をするも、事件に関係するような話はひとつも出なかった。

店をあとにするころには、午後七時を回っていた。すでに雨はやんでいる。下妻に電話で報告すると、引き続き、コロニーの女性客から話を聞け、との指示が出た。銃撃事件の進捗を知りたかったが、一言もなかった。

古城たちは立ち食い店で、盛りそばをかき込んで聞き込みに備えた。

4

コロニーの向かいにある薬局の待合席で張り込んだ。ここ一時間ほど、十人ほどの女性客がコロニーの入居しているビルに入っていった。九時過ぎに出てきた女性客にコロニーの客かどうか訊いたが、別の店だった。

「客に訊くより、ホストに当たったほうがいいような気がしますけど」

村上が少し疲れた顔で口にする。

「あとで」

九時半になってようやく、コロニーを利用したというふたりの女を捕まえることができた。ひとりはモノトーンの落ち着いたシャツとスカート、もうひとりはツートンカラーのミニワンピを着た女だ。身分を明かし近くの喫茶店に来るように告げると、こちらも女性のせいか、両名とも、恐れる様子はなかった。

モノトーンは二十四歳で池袋のソープ勤務。源氏名はカレンだという。ミニワンピを着た女は、吉原のソープ勤めの二十六歳で、セリと名乗った。双子のようにどちらも卵形の生白い顔だ。

店では、きょう起きたホストへの暴行事件も話題になっていたようだ。「犯人、まだ見つからないんですか?」と好奇心を隠さない。

「残念ながら。ホストの人たち、何か言ってる?」

「アキちゃんもびびってたよね」

カレンが、セリに声をかける。

「うん、ケンも絶対にひとりで出歩かないって言ってるし」

それぞれ、指名しているホストだろう。彼らも、暴行について神経をとがらせているようだ。

「同伴も禁止されちゃって、つまんないよね」

「うん、お客さん減っちゃったし」とセリ。「きょう、ヘルプが四人もついちゃって、うるさかった」

「そうそう、暇そうだよね。きょうあたり、アフターで同伴解禁になるかなと思って、無理して来たのに」

「お仕事もコロナで厳しいんじゃないですか?」

村上が割って入ると、ふたりは同時にうなずいた。

「もう大変」カレンが言う。「月の半分は地方に出稼ぎに行かなきゃだし、追加でパパ活も始めたし」

「そうそう、わたしも、先週は博多とかだったし。三割減よね」

ふたりに好みのホストのタイプについて尋ねた。

「わたしはやっぱり話し上手」セリがカレンを見る。「カレンはおっさん好きだよね」

カレンがくすっと笑った。

「おっさんて何歳ぐらいですか？」

村上が訊いた。

「三十過ぎまでかな」

「それくらいのホストって結構いる？」

「二、三割」

「お客さんはどれくらいの年齢が多いのかな」

「いろいろだよね」セリが言う。「うちらみたいな二十代から三十、四十とかのおばちゃんも多いし。六十過ぎとかもいるし」

「きょうはどれくらい使ったの？」

「十万。掛けなしで」

「通い出してどのくらい？」

「去年の秋ぐらいから」カレンが答えた。「週一ペースで来ないと相手にされないよね」

「うんうん。今年に入ってからはぐっと減ったけどね」とセリ。「でも、ホストってふだん現金持ち合わせていないし、金目当てで襲われるのってないよね。うちらなんか、百万入ったバッグぶら下げて、平気で始発に乗るけど」

「そうそう、熟睡。青紙もたっぷり入れて」

「あおがみ、って何ですか？」

村上が訊く。

「つけ払いの伝票」

「現金で月初めに支払うの？」

「だいたいそうね」

ふたりが声を合わせる。

「遥斗さんて知ってる？」

「もち。№1だし、知らない人なんかいないし。きょう、やられたんでしょ？」

容態を説明すると、ふたりとも塑像《そぞう》のように固まった。

「これまでも四人暴行されたけど、遥斗さんがいちばんひどいの」

ふたりは互いの顔をちらっと見ただけで答えない。

「指名本数が多いときは三百本あるらしいのね」古城が続ける。「売り掛けもすごくあって、そのあたりも関係しているのかなとも思うんだけど」

セリがピンクのジェルネイルを施した指をテーブルにかけた。

「遥斗さんがチームスワンから移ってきたのは、去年の二月だったよね」

「たぶんね」

「移ってきて、いきなりあそこの代表になったんですよね？」

古城に先んじて、村上が訊いた。

「そうみたいだけど。もともとはホス狂いのお客が、『遥斗がチームスワンから、こっちへ移籍したいみたい』って言ってたんだよね」

カレンの言葉にセリが応じる。

「そうそう、何遍も聞いた。それで、グループFのオーナーが動いたのよ」

「オーナーの羽川さんが、お客さんが言ったことがきっかけで、チームスワンのトップを引き抜いたの？」

古城が改めて訊いた。

「そうですよ。有名な話なんだから」

セリが答える。

そのときの遺恨が、暴行事件にまで発展したのだろうか。

「それを言いふらした客って、誰だか知ってる？」

ふたりは互いに顔を見合わせた。

「あの人でしょ……」セリが言う。

「ミルキー」

「うん、いつも白い服着てたから、そう呼ばれてたよね。あの人、最近あまり来なくなったよねえ。指名されてた春也《しゅんや》さん、トップテンから、いきなり二十番くらいまで売り上げ順位を下げちゃったらしいよ」

「そのミルキーってどんな人？」

古城が訊いた。

「けっこうな歳よね」セリが言う。「四十くらい？」

「たぶんね。噂だけどさ、遥斗がチームスワンにいたとき、すっごい入れあげたんだって。月に二百万とか使って。お互い気に入って、一時同棲していたのよね」

「でも、遥斗のＤＶがひどくて追い出したんでしょ」

「え、そうなの。知らなかった」

ふたりから、ミルキーの容貌を聞いて解放した。

根岸に電話を入れてミルキーについて尋ねる。しばらく待ってくれと答えるや否や、がちゃりと電話が切れた。

それから五分ほどして古城のスマホが震えた。根岸からだった。

5

明くる日は、秋晴れの好天だった。古城は村上と下妻とともに、聞き込みに出かけた。歌舞伎町交番の前を通り過ぎる。すぐ先の角を曲がれば、コロニーだ。

「ホストへの暴行事件は、グループＦとチームスワンのあいだのトラブルが原因だと思うんです」村上が言う。「それを特定しないと、暴行は収まらないような気がします」

「そうね」古城は下妻を振り返った。「遥斗は事情聴取できそうですか？」

「さっき問い合わせたけど、容態がさらに悪くなったらしい。面会謝絶。どうしても話を聞きたい？」

「グループFとチームスワンの両方にいたホストですから」

「それより、ミルキーに当たったほうがいいんじゃないのか？　どこに住んでるんだっけ？」

「池袋のタワーマンション」

根岸から電話で聞き出したのだ。

本名は玉井《たまい》宏美《ひろみ》。板橋在住の資産家を親に持ち、自身もネットの通販会社を立ち上げて、年商二十億ほどの会社に成長させた社長だ。

「今晩、もう一度、チームスワンの客の聞き込みをします。その女性はチームスワンにも出入りしていたはずだから」

「これ以上やっても、どうかな」

ホストの蒼也が襲われた場所を通り過ぎ、区役所通りの角で、下妻が自販機で缶コーヒーをまとめ買いした。それをポケットにねじ込んで追いかけてくる。荷物を増やしてどうする気なのだろう。

明治通りに行き着くと、左に曲がる。ゆるい坂道を上り、北に向かった。

十二階建ての、古びた灰色のマンションが現れた。明るい午前の日の光を浴びて、ひっそり佇んでいる。虎の像が威嚇《いかく》するように置かれた入り口の前に立つと、自動扉がすっと開く。エントランス正面にある管理人室には誰もいなかった。よく磨かれた大理石の床は、ちりひとつ落ちていない。中に入り、三基あるエレベーターのうちの一つに乗り込んだ。

古城がここを訪れるのは二度目だ。暴力団員が多く住み着き、暴力団事務所まであるいわく付きのマンションなのだ。

「何だよ、取って食われるような顔つきして」

下妻がげびた笑いをこぼす。

初訪問だという村上はがちがちに緊張している。

九階のボタンを押す。ここに水元組の事務所があるのだ。

エレベーターの戸が閉まると同時に、下妻の手が伸びて、七階のボタンにタッチした。何をしたいのかわからず、思わず振り返るも、下妻は目を細めただけだった。

七階で降りた下妻のあとを、慌ててついていく。廊下の天井は高く、両側にドアが並んでいる。三戸にひとつの割合で、監視カメラのレンズが光っている。いちばん奥のドアの前に辿り着くと、下妻は防犯カメラのレンズに向かって、挨拶するようにうなずいた。

カチャンとロックの外れる音がして、髪の短い若い男が顔を出した。下足番《げそ》のようだ。

部屋に入り、ワゴンや紙袋が置かれた狭い廊下を男に従って歩く。

最奥までたどり着き、重たそうなドアが開くと、一段と冷えた空気が顔をなでた。

正面に神棚があり、鷹の羽の代紋が恭しく飾られている。これは暴対法で禁止されているが、この部屋の空気はそんなものはお構いなしだ。

ソファに、髪の薄いいかめしい顔の男が座っている。歳は七十五、六だろうか。その後ろに、黒のスーツをまとった男がふたり、こちらを睨みつけるように立っていた。

「おう、晃《こう》ちゃん」

座っている男が声をかけてきた。縞《しま》模様のシャツに、胸元に代紋のバッジをつけた夏用の茶色いブレザーを着ている。きっと引き結んだ口元の左右の頰がふくらむと、好々《こうこう》爺《や》の印象が強くなる。

「中島《なかじまに》兄い、お久しぶり」

下妻の返事に、古城は飛び上がるほど驚いた。

中島と言えば、倉松会のナンバー2、副会長ではないか。彼が組長を務める中島一家は倉松会の二次団体、水元組の上部組織だ。

中島一家は関東きっての武闘派組織として名が通っている。二十年前、埼玉の浦和《うらわ》にあるスナックで、対抗組織に所属する組員四人を射殺して世間を震撼させた。二年前、同じく関東を根城にする指定暴力団、北川《きたがわ》会ともめた際にも、相手の組員を殺害する事件を起こしている。下妻はこんなところに直接訪れて情報を得ようとしていたのか。

下妻に言われるままに、古城と村上はソファに腰を下ろす。

「まあ、やって」

下妻はポケットから取り出した缶コーヒーを中島の前に置いた。

「お、すまないねえ」

こちらも気楽そうに答え、缶コーヒーを手に取った。

若い衆がおしぼりを持ってきて、ふたりの前に差し出した。

下妻は手品のように、ポケットから缶コーヒーを取り出す。古城と村上にも手渡した。

「いつ以来だっけ？」

中島が口を開いた。

「えっと、北新宿の方で振り込め詐欺のアジトを急襲したときが最後？」

「もう三年前か」

「そのくらいかな」

ふたりは調子を合わせたようにプルトップを開ける。

「しかし、今日はきれいどころをふたりも連れて、何なんだい？」

「どうしても行きたいって言うから」

古城はむっとしたが、努めて顔には出さなかった。

下妻が古城と村上を紹介する。

「よろしくお願いします」

古城は村上と声を合わせるように頭を下げた。

「こちらこそ、新宿署きってのきれいどころにお近づきになれて、光栄の至りですよ。よかったら、顔見せてくれる」

中島に指示されて、古城は村上とともにマスクを下げた。

「お、晃ちゃん、隅におけねえな。ご両人とも、どえらい美人やんけ」

そう言われて、古城は仕方なくもう一度深々とお辞儀をした。

「こちらの村上さんは社会見学ってとこかな」中島が続ける。「ま、それはともかく、最近は晃ちゃんみたいな粋なポリスと遊べなくて寂しいよ」

「そうだね、めっきり厳しくなった」

「石原《いしはら》都知事の歌舞伎町浄化作戦も参ったけどさ。最近は何でもかんでも杓子定規《しゃくしじょうぎ》だろ。電話ひとつかけられねえし。やってられねえよ」

「ほんとほんと、昔は『あそこにシャブ埋めといたよ』って教えてくれてさ。そこ掘れワンワンで一件落着だったからね」

「そうそう、お互い、いい時代だったたなぁ」

「懐かしいねぇ」

いつの時代の話をしているのだろうか。

「ところで昨日、医大で派手なドンパチがあったじゃねーか。ホシの見当はついてるのかい？」

「そっちはまったくだね」

「そうか、まあ早いとこ挙げるに越したことねえな」

「それでさ、中島兄ぃ、歌舞伎町のホスト連中、最近あちこちで可愛がられてるじゃない。それで、すっかり震え上がっちゃってさ。もうそろそろ勘弁してやってもいい頃合いだと思うんだけど、どう」

中島はぽかんと口を開け、飲みかけた缶コーヒーを置いた。

「なんだ、そんなことで来たのか」

「やー、面目ない」

下妻が首をすくめる。

「グループFとかのだろ。うちの水元あたりが可愛がってるらしいじゃないか」

「うん、チームスワンのほうは菊本会らしいけどね。何かあったのか?」

中島はむくむくと笑みを浮かべ、首をすくめた。

「なんでも八月の初めか、チームスワンの一番店がタタキに遭ったらしいぜ」

さすがに知っているようだった。

「四千万持ってかれたみたいで」

下妻が言う。

「けっこう荒っぽい手口だったみたいじゃねえか」

「うん、でさ、歌舞伎町のど真ん中で、そんなことするのは竜神《りゅうじん》総業くらいしか浮かばないんだよ」

「ほう、さすがに晃ちゃんだ。いいネタ元持ってるねえ」

竜神総業――これも中島一家の下部組織だ。半グレ代表格の京浜《けいひん》連合のOBを取り込んで、特殊詐欺などを行っているという噂が絶えない新興暴力団である。これを確かめるために下妻は乗り込んできたのか。彼でなければできない芸当だ。

中島にしても否定しないところを見ると、その可能性が高い。

「や、それほどでもないですよ。ちなみに竜神総業を水元より上の三次団体に上げたんだって」

「あ、そこまで知ってるか。やっぱり隅におけねぇな」

「そんな、兄ぃ、たまたまだから」

「まあ稼業も時代の波には勝てねえし」

中島はそう言って豪快《ごうかい》に笑った。

暴力団が振り込め詐欺に手を出すのは当然と言わんばかりだ。穏やかな風貌の下に、根っからの悪人のそれを感じる。

「タタキはそっちの連中か」下妻が腕組みしながら言った。「遥斗っていう売れっ子ホストが半殺しになったけど、そっちもかな」

中島は喉の奥でククと洩らした。

「それとこれとは別じゃねえか」

押し込み強盗は竜神総業の仕業と認めたが……。遥斗への暴力行為は別物？

「ホスト狩りは、グループFとチームスワンの諍《いさか》いがことの始まりだけどさ。何が元でそうなったのかわからないんだよね」

下妻の言葉に、中島も額にしわを寄せた。

「晃ちゃんがわからなきゃ、こっちだって手の下しようがないぜ」

それがわかれば、実行犯を差し出すくらいはしてもいいと言わんばかりだ。

「だがよ、おれの経験から言やぁ、堂々と金庫破りするようなのは、たいてい間諜《かんちょう》がいるわな」

「間諜かぁ、なるほど」

チームスワンにスパイがいるというのか？

「それより晃ちゃん、歌舞伎町じゃホスト相手に、熟女のキャッツアイが出没してるらしいじゃないの」

「みたいですね」

キャッツアイ事件を担当している村上の表情がさっと硬くなった。

「ホストはやられっぱなしだから、警察に届け出もしないんだろうけどさ。それに近所じゃ、あちこちで火事が起きてるだろ。冬場でもないのに、あれって放火だろ？」

「と、決まったわけじゃないけど、その線で調べが進んでますよ」

「ふーん、おちおち寝てもいられねえから、早いとこ、ふん縛ってくれよな」

「まかせといてください」

「頼むぜ」

しばらく世間話が続いたのち、下妻は立ち上がった。

中島に見送られながら、組事務所をあとにする。

「助かりました」古城は下妻に言った。「タタキは竜神総業の仕業だったんですね」

「そうみたいだな」

「でも、スパイはどうかな」

「倉松会傘下の親分が言ってんだから、あながち間違いじゃないと思うよ」

「武闘派だし。中島一家と北川会は犬猿の仲なんですね?」

「水元組の木村《きむら》組長が茅ヶ崎《ちがさき》出身でさ。若い頃からそっちでやんちゃしていた」下妻が言う。「北川会はもともとは神奈川が縄張りだろ。そのお膝元でいまでも木村が荒っぽいことするから、北川会も黙っちゃいない。二年前、横浜にある北川会の組事務所で組員射殺事件があって、それも水元組の仕業らしいよ」

「ひょっとすると、今回のホスト狩りも、根っこには倉松会と北川会の抗争があるのかもしれませんね」

村上が言う。

本部の四課が、新宿署に帳場を立てた理由はそれだろうか。ホスト狩りの捜査を名目にして、関東一の武闘派組織の監視を行うためだったのか?

「そこまではどうかな。ヤクザもんはともかく、ミルキーっていう女が気になるな」

下妻が本論に戻した。

「遥斗らをチームスワンからグループFへ橋渡しをした張本人みたいですから」

「問題はどうしてそんなことをしたか、だな」

「それです」古城は続ける。「玉井宏美に会って話を聞かないと」

村上もこっくりとうなずいた。

一時は遥斗と同棲までしていたらしいのだ。

「会っても、すんなりいくかな」下妻は怪訝《けげん》そうな顔で続ける。「その前に、遥斗周辺を当たってみたほうがいい」

「そうですね」

遥斗は自分を襲った人物について、心当たりがありそうだった。彼の病室にいた金髪の男の顔が浮かんだ。あの男からもう一度話を聞いてみるべきだろう。

「ミヤ、行くよ」

古城が声をかけると村上もぴんときたらしく、引き締まった顔でうなずいた。

「おれは今晩あたり、チームスワンに行ってみるか」

下妻はそう言うと、ふたりをその場に残して去っていった。

6

そのマンションは大久保通りに面していた。南向き六階建て、築三十年の古い建物だ。玄関から入ると、このあたりの地形に沿うように下り階段になっていた。タイル張りのエントランスは清掃は行き届いているが、天井が低い。管理人室で警察手帳を示し、リョウの部屋番号を教えてもらった。四階に住んでいるらしい。

リョウは不在だった。あらためて管理人に尋ねると、「ホストの方ですよね、いまの時間はこの裏手の公園にいるんじゃないかな」と教えてくれた。

村上とともにマンションを出て、裏に回る。二棟のアパートが並んだ小道の奥には、区立の北新宿公園の入り口がみえる。

公園はすり鉢状になっていて、階段状の幅広い傾斜が続いている。そこに長い滑り台が取りつけられ、端には木製の吊り橋が併走している。生い茂った木々のせいで、見通しがきかない。

公園の中をしばらく進むと、ベンチの前で、金髪の男が煙草を吹かしていた。

「喫煙は禁止になっているけどね」と古城は声をかけながら男に近づいた。

リョウは最初、声をかけてきた女が古城だと気づかず、うるさそうに顔をそむけた。

「遥斗さんの見舞いに行かなくていいの」

正面に立つと、ようやく古城だとわかったらしく、リョウは煙草を下に捨てて足でもみ消した。

「そんなに悪いんですか？」

「かなりね。早く行ってやったほうがいいわよ」

「そうします」

急いで立ち上がろうとしたリョウの肩を押さえた。

「その前にちょっと訊きたいことがある。あなたもチームスワンで働いていたことがあったよね？」

「ええ」

「あなたがチームスワンにいたときの成績はどれくらい？」

リョウは肩をすくめる。

「系列五店のベストテンには毎月入ってましたよ。それが何か？」

「そんな成績を上げていたなら、グループFに移る必要はなかったんじゃない？」

「遥斗さんに誘われたら、断れないでしょ」

「そんなに親しかったの？」

「ホストに成り立ての頃から、ずっと面倒見てくれていた人ですから。それにいまの店は家賃を半分持ってくれたりして、待遇がいいです」

「遥斗さんもチームスワンで抜群の成績を上げていたのに、どうして移籍したのかな」

「移籍と同時に代表にさせるっていう条件なら、誰だって行きますよ」

古城は村上に視線を送った。

「あなたがいまいる店の月ごとの締め日はいつですか？」

そう言った村上の顔をリョウが意外そうな顔で見上げた。

「客の立て替え分の締め日ですか？」

「そうです」

「たいてい、一日ですが」

「ほかの四店は？」

「同じですよ。だいたい月初め」

「金はどこに保管しますか？」

「店の金庫や代表の自宅に」

「五店が別々に？」

「いや……」

「毎月、集める場所を変えるそうだけど、チームスワンにいたときも、五店舗の金を集める場所を知っていたのかしら？」

リョウが視線を外した。

「それはまあ、あれですよ」

「はっきり言いなさい」古城が加勢する。

「知ってましたよ。だけど、いまは各店の代表も違ってるし、場所も変わってると思いますが」

「遥斗さんはチームスワンの締め日と金を集める場所を知っている?」

村上が続ける。

「向こうとのつきあいは切れたし、知らないはずですよ」

「八月の締め日に、チームスワン一番店が襲撃されたのは知ってるよね?」

リョウは目をぱちぱちさせながら、うなずいた。

ふたつのグループは合わせて二百人以上ものホストを抱えているが、事件はすぐに知れ渡っただろう。歌舞伎町のほかのホストクラブにも伝わっているかもしれない。

「近頃、遥斗さんを指名していた玉井宏美さんがあまり店に来ないようね」

古城が質問の向きを変えた。

「玉井さん、うちの店で遥斗さんを指名したことなんてなかったはずですよ。最初から春也です」

「一度も指名していない?」

「一回くらいはあったかもしれないけど」

歌舞伎町では、一度ホストを指名すると、そのあとはずっと同じホストが担当につくシステムである。売り掛けを管理する必要があるし、ホスト同士の客の取り合いを避けるためだ。

「ヘルプにもつかなかった？」

村上があいだに入る。

「たぶん」

「遥斗さんと玉井さんの関係、あなた知ってるよね？」

「ええ」

「遥斗さんがチームスワンにいたとき、同棲していたんでしょ？」

「でしたね。そのときは遥斗さんを指名していたけど、別れてからは玉井さん、チームスワンの三番店に行くようになってましたよ。そんときは、ほかのやつを指名していました」

「なんていう人？」

「細川」

「……いまはチームスワン一番店にいる、マッシュルームカットの人」

「そうです。あいつ」

タタキにやられたとき、ひどい暴行を受けたホストだ。

「玉井さんて独身で金がありますからね。細川にも入れ込んで、たびたび、やつの家に泊まったり、彼女の自宅を行き来してたみたいですよ」

「遥斗さんはどう思ってたのかしら？」

「さあ……」

「いまでも玉井さんは細川さんとつきあっているの？」

「どうかな。うちじゃ、ずっと春也が専属だし」

「最近はあまり来ないんでしょ？」

「来なくなりましたね。春也の売り上げ、がた落ちですよ。今はもう、月五十万あればいいほう」

「玉井さんがよく来ていた頃はどれくらいの成績だった？」

「月に二、三百万。九割が玉井さんでしたね」

「そう。あなたがチームスワンにいた頃、細川さんて、どんな人だった？　売れっ子？」

「や、月五十万そこそこくらい。指名本数だって月に二、三十あるかないかでしたよ。オーナーから、売り上げが十万切ったらクビだっていつも脅されてたし」

「おやおや」

「そういや、ぼくが移る直前は、けっこう売り上げを出してたな」そう言うと、リョウは手を叩いた。「マル暴が連れてきた女の指名を受けてから」

「その女がたくさん使ったの？」

「金を払ったのはマル暴の旦那の方ですよ」

ご機嫌伺いのために、暴力団員は自分の女をホストクラブに連れて行くことがある。

「そのマル暴、なんていう名前？」

「えっと……たしか、竹沢《たけざわ》とかいいましたよ。最初の頃、気に入らないホストを平気でぶん殴ったりしていて、みんなこわごわ相手してたけど、細川はそういう客の扱いがうまいから可愛がられてました」

「その竹沢って、どこの組？」

「竜神総業」

あの新興暴力団か。ようやく繋がった――。

7

五日後。

古城と村上は上池袋の明治通り沿いにある、三十階建てタワーマンションの地下駐車場にいた。下妻が地上に繋がる坂道を急いで下ってくるなり、手でエレベーターのある方向を指した。

エレベーターの扉が開くと、女が出てきた。絹のシャツに濃紺の薄手のスーツが、すらりとした高身長に似合っている。女は本革のクラシックトートバッグを腕に掛けて、ハイヒールの靴音を響かせ、こちらに近づいてきた。

声をかけると、高い頬骨の上にある大きな目玉がこちらを睨みつけた。逆三角の顔を前下がりのボブでうまく隠し、クールな表情に仕上げている。

「玉井宏美さんですね？」

古城は警察手帳を見せ、村上が乗っているセダンまで誘った。こちらに向かっている下妻と視線を交わし、後部座席のドアをあける。玉井は眉根に深いしわを寄せ、言葉を発しないまま車に乗り込んだ。古城もその左に座り、玉井のバッグを床に置かせた。

「何でしょう」

玉井が中腰で、車の外にいる下妻を見ながら尋ねてきた。

「これから会社ですね？」

いまは午前八時ちょうどだ。

「……そうですが」

古城が通販会社の名前を確認し、資本金やオフィスの場所などを口にすると、玉井は怪訝そうな表情になった。

「会社のことですか？」

「今年の年商は二十億を超えるそうですね」

「おかげさまで」

「扱っている品目はリビング雑貨が主ですね。十年ほど前、あなたご自身がパソコンひとつで作り上げた会社は、三十人の従業員を擁するまでになった。素晴らしいですね」

わざとらしく持ち上げると、玉井は居心地悪そうに尻を動かした。

「あなたの会社の未収金の回収ですが、業界トップと伺っています。秘訣はあります?」

「専門の行政書士を雇っていますから」

「たいていの未収金はそれで片がつくと思うけど」軽く玉井の袖に手をやった。「ちょっと悪質で素人が手を出せないような相手には、回収のプロが出向くようですね。半端ない取り立てと噂されていますよ。誰を使っている?」

「ですから行政書士の……」

言い終わる前に古城は、「竜神総業の輩」と口にした。

玉井が目をしばたたき、古城の目を覗き込んだ。

「歌舞伎町通いをはじめたのはいつ?」

続けて古城が訊くと、玉井はわずかに首をかしげた。

「五年前ですよね」古城は続ける。「あちこちのホストクラブに入り浸るようになっていたある日、竹沢というホストと出会った。ホストと客としてはさほど親密にはならなかったようだけれど、竹沢が竜神に属しているのを知って、ひらめいたのね。これは、未収金の取り立てに使えるって。それが竜神総業とのつきあいの始まりだったんでしょ?」

「そんなこと、知りません」

顔をそむけ、不機嫌そうに答える。

「それはさておき、遥斗こと渡辺孝広さん」古城は言った。「ホストの中でもいちばん長いつきあいになるわね？」

玉井は眉を曇らせた。

「彼がチームスワンにいたころは、毎月二百万のシャンパンタワーをしてあげたそうじゃない。彼もあなたを気に入って、一時はこのマンションで同棲もした。でも、けっきょく彼の暴力がもとで破局。それでも、彼を忘れられなかったあなたは、ライバル店のコロニーに通って、彼がチームスワンからコロニーに移籍したがっているという噂を流した。聞きつけたオーナーの羽川さんが、それを信じて破格の待遇で、チームスワンから遥斗さんとその仲間を引き抜いた」

そこまで一気にまくし立て、運転席でこちらを見守る村上に視線を向けた。

「遥斗さんがコロニーに移ってくると、あなたはオーナーに掛け合って、特別に遥斗さんを指名することができた」村上が言った。「でも、肝心の彼はあなたに向き合ってくれない。二回目からは規則だからと指名を拒否されたそうですね」

「どうやったって、元に戻れない」古城が引き継ぐ。「そんなとき、復讐の二文字が頭をもたげてきた。少し痛い目に遭わせて、そこから救ってあげれば、また元の仲に戻れるかもしれないと。それを実行に移すために、チームスワンの細川を手なずけたんでしょう？　彼から、チームスワンの毎月の売掛金を集める場所を聞き出し、それを稼業一辺倒になった竹沢に知らせた」

「タタキ情報です」村上が言う。「いくらで売ったんですか？」

玉井は薄気味悪い笑みを浮かべ、指で前髪を擦る。

「復讐とかタタキとか、言ってることがわかんない」

「一昨日、署に細川を呼び上げました。彼、あっさり吐いたので、強盗傷人幇助《ほうじょ》で逮捕したわよ」

玉井が喉をつまらせたように、咳《せ》き込んだ。

「細川は、タタキのネタをあなたに百万で売ったと言ってる。彼はいまの店がいやでやめるつもりだった。自分が洩らしたとばれるとまずいから、襲撃のときは、真っ先に自分を殴るように依頼したのね。半額の五十万円ぐらいで、あなた、竹沢に売ったんじゃない？」

「そんなもの……」

「押し込み強盗に入ったのは、グループFのホストだと、あなたは偽の情報を流した。金を奪われたチームスワン側は、それを鵜呑《う》みにして、ケツ持ちの水元組に泣きついた。それに応じた水元組の組員はグループFのホストをしめようとして、逆に返り討ちに遭う。グループF側も黙っていられないから、ケツ持ちの菊本会に頼んで、チームスワンのホストに報復した。それが一連のホスト狩りになった裏の事情ね。じきにこのからくりが表沙汰《おもてざた》になるから、もうホスト狩りもなくなるでしょう」

チームスワンの店舗に押し入った強盗犯も、すぐに見つかるはずだ。

爪をかみながら、しきりと考えをめぐらせている玉井に、「あなたにも、強盗傷人幇助で逮捕状が出ています」と声をかけ、逮捕日時や詳細を話して聞かせた。玉井は海老のように体を丸めて、両手で顔を覆った。

その手に古城は手錠をかける。

玉井は自分の手にはまった金属の輪をまじまじと見つめていた。

「どうしてそこまで遥斗さんに入れあげたのかしら？」

古城が慰めるような口調で訊いた。

「他人にはわからない」

低い声で玉井が呟いた。

「同棲を解消して遥斗から離れたのは、ひどいDVがあったからでしょ」古城が続ける。「診療記録調べさせてもらったけど、右鎖骨骨折、腰椎椎間板ヘルニアの傷害による運動障害、顔面骨折まであるじゃない。そんなことまでされて、どうして彼を諦めきれなかったの？」

手錠を見つめる玉井の目がすっと細くなった。

「ひどかったわよ、あのときの彼の暴力。わたし、一時耳が聞こえなくなってしまったし。入院しているあいだ、体中が痛くて泣いてばかりいた」そう言うなり、玉井は瞬間、恍惚《こうこつ》に近い表情も浮かべた。「でも、こんなにひどくされたのは、よっぽど彼、わたしのことが好きだったんだなって、そのときになってようやく気づいたの」

それだけ言うと、また怯えるような顔で視線を戻した。

束の間、玉井の言った意味が理解できなかった。

彼女は半殺しの目に遭いながらも、なおも相手が自分にとってかけがえのない存在であると信じていた。そして、周囲にどれほど迷惑をかけようが、相手を振り向かせるためには、手段は選ばなかった。

ストレスのはけ口を求める先はほかになかったのか。見た目もキャリアも大人のはずなのに、心がまだ子どものままなのか。

この先、法で裁かれたとして、彼女の想いは変わるのだろうか。この情念はどこへ向かうのだろうか。無間地獄に落ち込んだ玉井という女が、古城には憐れでならなかった。

万引き犯

1

二〇二一年十月。歌舞伎町セントラルロードにある大型安売り店は、午前十一時になるというのに、まだ閑散としていた。古城美沙巡査部長は村上沙月巡査を連れて、広いエントランスから中に入った。薄暗い店内には、衣料品やパーティグッズなどの雑多な商品がびっしり並んでいる。それでも、コロナ対策で通路が広げられたせいか、以前ほどの圧迫感はない。壁じゅうにマスクが架けられた一角を通り過ぎると、ワークキャップをかぶった細身の男が現れた。ベテランの万引き保安員、山岡《やまおか》だ。

「あ、午前中から入ってるんだ」

古城が山岡に声をかける。

「あとでお世話になりますからよろしくです」

「困るなぁ。きょうは何時まで?」

「夜の十時。たぶん今日だけで、五、六匹釣れますから」

この店は都内でも有数の〝釣堀〟なのだ。毎日のように、万引きの届け出がある。

「腕がいいのも場所によりけりよね。せめて、うちの隣の署の管轄でお願いできないかな」

「警官がそんなこと言っていいんですか。弱っちゃうなあ」

「まあ適当にね」

万引き事案は、十年ほど前に通報後のシステムが変更された。それまでは店側が警察へ出向いて申告していたが、いまは警察官が店を訪れて書類を作成しなくてはならず、手間がかかる。

「そうしたいのは山々ですけど、つい目についちゃうんですよ」

「お年寄りと外国人には注意してくださいね」

村上が声をかける。

「はいはい」

その場を離れようとすると、山岡が思い出したように口にした。

「最近、ここいらでわたしらでも手に負えない万引き犯が出没しているの、知ってます?」

「カメレオンのこと?」

カメレオンのワッペンやアクセサリーをあしらった服を着た女性が、犯行を繰り返しているという話は署内で何度か聞いたことがある。

「外箱外しや防犯シールをカッターで切るなんて朝飯前みたいで。摘発《てきはつ》してもシラを切られて網から池にドボン」

「山岡さんしか、ぱくれないいんじゃない」

「気にはかけているんですけどね」山岡が古城に顔を近づける。「そいつが歌舞伎町で定期的にブツを売りさばいているのはご存じですか？」

「何それ？」

「万引きした商品を売るんですよ。高額な化粧品とかが多いみたいだけど」

「警察には通報済みでしょ？」

「なにしろ神出鬼没で犯人が特定できないし、警察も動きづらいんじゃないですか」

古城は村上と顔を見合わせた。

村上は唇を引き結んで、軽くうなずく。

「わかりました。それじゃ気をつけて」

四階まで巡回してから店を出る。

「カメレオンって、よくそんな名前付けましたね」

村上が言う。

「そうね」

「カメレオンのワッペンは仲間内での目印のために付けているとか？」

「そんな目立つようなことはしないと思うけどね」

「外国人窃盗グループですかね。グループ内で人が入れ替わって、顔もわからないとか」

「だから、なかなか保安員も警察も摘発できない？」

「はい」

一理あるようにも思える。

外国人窃盗グループは同種の商品を大量に狙い、犯行後の逃げ足が速いのが特徴だ。今回も、犯行のたびに実行犯を替えて、摘発を難しくしている可能性はある。

「化粧品というのが気になるな」

「ですね」

「ちょっと聞き込みしてみようか」

「そうしましょう」

区役所通りまで歩いた。サラリーマンに交じって、昼休憩と思しき水商売の女性たちが目につく。レジ袋を提げたタイトドレスの女性がちょうどコンビニから外に出てきた。二十代前半といったところだろうか。警察手帳を見せると、女は昼キャバの仕事中ですからと言って、逃げるように去っていった。ちょうどそこに、レトロチェックの赤いスカートをはいた女が通りかかった。村上が「田中《たなか》さん」と声をかけると、女はぱっと振り向いた。

「ああ、こんちは」

はにかむように女は言った。

「痴漢事件のマル害です。わたしが先月担当しました」古城の耳元で村上が囁《ささや》く。「ごめんなさい。ちょっといいかな？」

「はい」

田中と呼ばれた女は立ち止まって目をしばたたかせた。

用件を伝えると、田中は少し戸惑うような表情を浮かべた。

「いきなり、カメレオンなんて言われてもわからないよね。ごめんなさい」

そう言って村上が田中を解放しようとしたので、古城は引き留める。

「あなたの知り合いや系列店で、このあたりの事情に詳しい子はいないかしら」

「看板嬢とか、裏引《うらび》きも平気そうな子とか紹介してくれたらうれしいけど」

村上の際どい提案に、古城は目を見張った。裏引きとは、所属する店を通さずに、直接客と会ってやり取りをすることだ。

村上の言葉に、田中はそれならばとスマホで電話をかけ、すぐに切った。

「いま、サホさんがサルヴァトーレにいます」

キャバ嬢仲間だろうか。礼を言って、その場をあとにした。

新宿駅を横切り、大急ぎで歩く。サルヴァトーレは、新宿警察署の目の前、新宿西口高層ビルの地下にあるチェーンのイタリアンレストランだ。

二人が店に到着すると、細長い店の奥まったところにある席に、それらしい三人の女性グループがいた。声をかけると、顎が鋭くとがった女性から返事があった。彼女がサホだろうか。広いテーブルに、ほぼ食べ終えた皿が残されている。古城が飲み物を注文しているあいだに、村上が椅子をふたつ、テーブルに寄せ座った。村上は早速、用件を切り出した。

「万引きですかぁ」

サホがけだるそうに言った。ボウタイリボンのついたシースルーの五分袖ミニドレスに、流行遅れのシニヨンヘアーがかえって貫禄を感じさせる。

サホはほかのふたりに目配せをしたが、言葉はなかった。彼女たちも、同じ店に勤めるキャストだという。

カメレオンは歌舞伎町で化粧品を売っていると伝えると、オレンジピンクに髪を染めた、クルミと名乗る女性が反応した。

「わたしの友だちが、ちょくちょく買ってるみたいですけど」

「カメレオンからですか?」

村上が口にする。

「それはわからないけど……ネットで知り合って、売り買いするみたい」

クルミは、商品の売買や不要品の処分ができる地域限定の情報サイトについて語った。直接会って手渡しするため、商品が届かないなどといったトラブルの心配がなく、手軽さが売りで最近流行《はや》りだしたネットサービスだという。

「たぶん、サイトに告知が出て、それに反応した客の一部だけが取引場所に招待されるみたいです」

「招待というと？」

「相手が本物のキャバ嬢かどうか、確認を取るみたいです」

「確認を取れた人だけが取引場所に入れるわけね」

「はい。わたしはやったことないので、それ以上はわからないけど。友だちに訊いてみましょうか？」

クルミは電話をかけ、しばらく話をした。電話を切ると、スマホに件《くだん》の情報サイトを表示させ、検索をはじめた。複数の候補が出てきたものの、目当てのものはないようだった。

「〝除光液〟で検索して、取引場所が歌舞伎町のものがヒットすればそれらしいです」

「除光液……ですか」

村上は困惑している。

追加で運ばれてきたイカのフリットをつまみながら話を続けたが、それ以上の進展はなく、念のために三人の携帯の電話番号を聞いたのち、解散となった。

帰署するなり、古城は自席にいた下妻晃係長にカメレオンの話をした。

万引きごときに興味は持たないだろうと思っていると、意外にも下妻は少し興奮した

様子で、

「あのカメレオン、そこまでやってるのか」

と声を荒らげた。

「はい。完全に金目当ての犯行だと思います」

村上が答えた。

「そりゃ悪質この上ないぞ。いいか、ミヤ、全犯罪認知件数のうち、万引きがどれくらいの割合を占めるか知ってるな？」

「……三パーセントとか」

「おまえ、国立大学まで出ていて、そんなか。警察学校で学び直してこい」

「それってパワハラ発言です」

古城があいだに入ったが、下妻は気にする様子はない。

「一割だぞ、一割。警察の検挙人員の三人にひとりが万引き犯なんだよ。推定被害総額は五千億円を下らん」

「あ、二千億円程度だと教わりましたが」

「それは統計上の数字だろ。実際はその倍以上だ。万引きで潰れる店だってごろごろあるじゃないか」

髪にシラミでもいるかのように、下妻は頭を掻きむしる。

「だいたい、その地域限定サイトって何なんだ？」

「係長、知らないんですか？」古城が答える。「ネットでマッチした知らない人同士が対面で会って、商品の売り買いをするんです」

「金もその場で渡すのか？」

「購入者が前もってサイトに支払って、商品を受け取った段階で受領ボタンを押すと、その時点で相手側に金が振り込まれる仕組みです」

「現場で金を払うこともあるんだろ？」

「そうですね。カメレオンの場合がそれです」

「……ありました」

スマホをいじりながら、村上が口にした。

「何が？」

いらだたしげに下妻が訊く。

「除光液です。きょう、歌舞伎町で取引があるみたいです」

村上がスマホを差し出した。

〈本日10月12日、午後三時半、新宿でオフ会〉

化粧品の交換。除光液も、とある。二十歳から三十五歳の女性のみ。電話番号と身分証の二点認証が必要と記載され、開催場所として、歌舞伎町の番地が記されていた。投稿者ＩＤは mituur とある。

画面にじっと見入っていた下妻が、古城と村上に視線を向けた。

「行ってみるか？」

「いいですけど、相手が承認してくれないと取引現場には入れないですよ。たぶん、常連が多いだろうし、初参加は疑われると思いますけど」

「身分証や警察の健保カードなんか出したらアウトだな。どうだ、さっきの相手に頼んでみたら」

「その人に成りすまして参加するわけですね？」

「うん」

「やってみます」

村上はその場でクルミに電話を入れて、用件を伝えた。彼女は請け負ってくれるようだ。

2

集合場所は山手線の高架に近い、職安《しょくあん》通りに面した雑居ビルの一室だった。一階には派手な看板を掲げた韓国チキン料理店が、二階にはロックバーやニューハーフのヘルスが入っている。五階から上が居住エリアで、その一部がレンタルルームになっていた。サイトで指定されていたのは貸し切りタイプの個室で、一時間二千円の料金設定で借りられる場所だ。

雑居ビルの向かいに位置するチェーン店のうどん屋一階で、古城は下妻とともにビルの裏手にある出入り口を見守ることにした。

「ミヤ、正体、見破られないかな」

急に心配になり、古城はそう口にした。

現場に入る直前、村上は古着店でフラワー柄の襟付き五分丈のタイトドレスを購入し、その場で着替えて、部屋に向かったのだ。

「ちょっと化粧が甘かったかもしれんな」

下妻も不安なようだった。

「でも、あの子なら警官だとは思われないでしょうから」

「だといいけどさ」

素うどんをすすりながら下妻が言う。

午後四時ちょうど、裏口から村上がすっと現れた。背後を窺いながら、うどん屋に入るなり、古城の横にしゃがみ込んだ。

「ご苦労」下妻が声をかける。「どうだった？」

「これ買いました」

ピンク色のアイシャドウと口紅をハンドバッグから取り出して、机に置いた。

どちらも未使用のようだが外箱はない。

「いくらで？」

「どっちも三千円」

「定価の半額ぐらいか？」

「そう思います。高級品です。部屋には売値で一万円超の美容液や高額の基礎化粧品なんかもあって、出席した子が奪い合うように買ってました」

「何人ぐらい、いた？」

「わたしを含めて七人。あの子らもそうです」

と村上が指した先に、裏口から出てきたふたりの若い女性がいた。

「キャバ嬢だな」

「だと思います。わたし以外は常連のようでした」

「疑われなかった？」

「大丈夫だと思います」

「で？」

「売りさばいていた女ですけど、カメレオンかどうかまではわかりませんでした。女の子たちも、名前では呼ばないし。でも外箱のない最新の商品ばかりでしたから、万引きしたブツとみていいかと思います」

「ほかの客たちの反応は？」

「とにかく安いものを手に入れるのに必死な様子でした。中には盗品だと薄々気づいている子もいるとは思いますけど」

「まあ、万引きしましたか、なんて訊けないしな。売ってる女は、どんなだった？」

「マスクしていたし。たぶん、五十代後半くらい？　髪を後ろでひっつめにしていましたけど」

「あ！」

下妻の視線の先に、ビルの裏口から出てきた女がいた。マスクはせず、髪を後ろでまとめている。ぺしゃんこのトートバッグを提げ、チェックのブラウスに黒パンツ。ずいぶんと小柄で、丸顔で腫れぼったい目をしている。

「これだな？」

古城は村上とともに腰を上げた。下妻をうどん屋に残して、尾行をはじめる。

女は職安通りの横断歩道を渡った。両肩を下げ、スニーカーを履いた足取りは重たい。

韓国料理店の続く道、大久保一丁目を北に向かう。女に続いて韓国系雑貨店の角を右に曲がると、道はさらに狭くなり、古い日本家屋が並ぶエリアになった。

コンクリート塀に囲まれた古いモルタル造りの家に辿り着くと、女は門をくぐり、玄関に入った。太い電信柱が塀にぴったり接していて、電線が家の屋根に絡みつくように縦横に走っていた。二階の雨戸がぴったり閉じられている。築四十年以上は経過しているであろう古い家だ。上代《かみしろ》という表札がかかっている。

古城は塀の住居表示板を確認し、その場に村上を残して目と鼻の先にある大久保交番まで急いだ。

自転車に乗って巡回に出ようとしていた巡査を呼び止める。地域の巡回に使用する案内簿を見せてもらうと、上代宅の家族構成が記載されていた。

上代隆博《たかひろ》　六十四歳

上代さよ子《こ》　五十五歳

上代修平《しゅうへい》　二十三歳

三人住まいのようだ。隆博、さよ子夫婦は、三十年前からこの地に居住している。

巡査は三人との面識はないというので、古城と村上は署に戻った。署の端末を叩いて、上代さよ子の逮捕歴を調べると、一発でヒットした。表示された写真は、いましがた見た顔に間違いない。

四年前の二〇一七年八月、さよ子は、新宿三丁目のドラッグストアで化粧品を万引きしている。総額二万円ほどで、駆けつけた夫の隆博がすぐに店に弁済したものの、店から警察に通報が行き、逮捕された。初犯のため、取り調べ後、微罪処分で釈放されている。さよ子の勤務先は記載されていないので、当時は専業主婦だったのだろう。

夜七時、業務を終えた古城は下妻とともに歌舞伎町に向かった。彼が飲みに誘ってくるなんて珍しい。歌舞伎町一番街のアーチをくぐり、客引きや呼び込みを目の隅で追いかける。緊急事態宣言が解除されたばかりの街は、人でごった返していた。

「竹内《たけうち》は覚えていないのか？」

歩きながら、下妻が古城の耳元で尋ねた。竹内は、四年前に上代を取り調べた盗犯捜査第二係の刑事だ。

「顔も何もまったく記憶にないと言っていました。竹内さん、どうして強行犯係が出しゃばってくるんだって、首をかしげてましたけど」

「手伝ってやるんだから文句ねえだろ」

「それ、係長から言っておいてくださいね」

「わかった」

万引きといっても、計画的で長期的な犯行だ。強行犯係で捜査してもおかしくはない。ここ一ヶ月ほど、新宿署管轄内でそこまで大きな事案は発生していない。医大病院理事長射殺事件の特別捜査本部が立ち上がっているが、強行犯第五係からは、川辺《かわべ》が駆り出されているだけだ。

「わたし、彼女を摘発した万引き保安員を訪ねて、話を聞いてみようと思います」

「そうしてくれ。上代がカメレオンとはまだ断定できない」

「はい」

逮捕歴は一度きり。まだまだ上代についての情報が足りなかった。

新宿東宝ビルの横、通称トー横《よこ》の広場を回り込んで、新宿東通りに入った。歌舞伎町の中では、まっとうな料理店がある一角だ。

「係長がおごってくれるなんて、何かありました？」

「急に油っこいものが食いたくなった」

「美容の敵ですけど」

「たまには油も足さないとな」

どこに足す気かと思ったが、それ以上は訊かない。ホストクラブの看板が並ぶ花道通りに出る手前の路地に入ると、澱《よど》んだ排ガスの臭いが鼻をついた。路地の奥に進むと、舗装されていない狭い通路が現れた。〝上海姥姥《シャンハイラオラオ》〟と書かれた真っ赤な看板が見える。二組のすれ違うことも難しそうな道を進み、扉が開け放たれた入り口から店に入った。二十代中国人形が出迎え、濃厚な油の香りが立ち上る。この時世にもかかわらず、二十代とおとおぼしき客たちが喚声を上げながら飲み食いしていた。テーブルの上の酒の銘柄はばらばらで、紙パックの焼酎まである。

「若い連中なら酒の持ち込みOKなんだ」

下妻はそう言うと、壁際の四人掛けテーブルにどかりと腰を落ち着けた。壁中に、メニューが記された短冊がびっしりと貼られている。すべて中国語で、古城にはその大半がどんな料理なのか想像すらつかない。

中年の女性店員がやってきて、下妻と無言で視線を交わした。二分もしないうちに、空心菜炒めと揚げパン、青島《チンタオ》ビールが目の前に置かれた。

「ほんと、久しぶり」

店員がテーブルに寄りかかる。

「やぁ、すまん、すまん。ずっと忙しくてさ」

「うそばっかり、ねー」

彼女は古城の肩に手を当て、百年の知己とばかりに馴れ馴れしく声をかけてくる。

「店長のホンファ、紅に花って書く。この人とはもう二十年来の仲間だよ」

「そうですか、はじめまして。古城です」

古城も名乗った。

「まあ、きれい。やっとあなた、結婚できた」

「違うって、部下だよ」

「部下？」

「そうだよ。いい刑事なんだが、取り調べになるといまいちでさ」

古城はぱっと顔を赤らめた。事実ではあるが、こんなところでわざわざ言うこともなかろう。

紅花《ホンファ》は訳がわからないといった顔で、

「まあ、なんでもいい。きょうは何にする？」

それ以上、話題が広がらなかったので、胸をなで下ろした。

「とりあえず豆腐と蛤《はまぐり》。それから、火鍋。あとは適当に頼むよ」

「わかった。鳩は？」

「いいね」

そう言うと、紅花は勢いよく厨房に入っていった。

「天安門事件で嫌気がさして来日した口」下妻は厨房の方を指し示す。「大阪で日本人と結婚したんだけど離婚して、こっちに来たらしい。もう三十年くらい居るから、このあたりの事情には詳しい、詳しい」

下妻の感心ぶりからして、よっぽどなのだろう。

「他人の前で、いきなり取り調べの話はよしてください」

「何か言ったっけ？」

下妻はとぼけたように、青島ビールが入ったグラスを掲げた。そうしながらも、別席の男たちに給仕している若い女を注視している。

「リーちゃんの娘か？」

下妻が声をかけると、女がこちらを振り返った。マスクはしていない。デニムのホットパンツに黒のTシャツ。艶のある髪を肩まで伸ばし、卵顔の唇に薄いルージュをさしている。彼女はこちらにやって来るなり、

「あなた、どうして、わたしのお母さん、名前、呼ぶ？」

とつたない日本語で問いかけてきた。

「やっぱりかあ」

しみじみした口調で下妻が続ける。

「なんで？」

「顔がそっくりだったからさ。お母さん、楊春鈴《ヤンチュンリン》だよね？」

女は目を丸くして、何度もうなずいた。

「あなた、シモツマさん？」

「そうそう、下妻」

「お母さん、よくあなたのこと話す。わたし、小華《シャオファ》」

「シャオファ、お母さんは？」

「もう少ししたら来る」

「そうか、長らく会ってなかったな」

小華は瓶のまま温めた紹興酒と料理を二皿運んできた。ソバのようなものと、蛤の甘辛煮だ。ソバらしきものは押し豆腐の細切りで、菓子のような食感だった。味付けがいい。蛤も絶品である。下妻をまねて揚げパンを醤油だれに浸して食べた。

「あの子のお母さんの春鈴と出会ったのは、石原都知事の歌舞伎町浄化作戦が始まった頃だった」

下妻が懐かしげに言う。

「事件がらみで？」

「当時、うちの署には馬鹿な課長がいてさ。中国人専門の地下銀行を摘発したとき、利用者まで片っ端から逮捕してた。その中に春鈴がいたんだよ。中国の実家への送金に、地下銀行を使ってた。当時、彼女は妊娠していて、おれが病院に連れていった。一晩だけ入院することになって、その晩……」

じろっと下妻は古城の目を覗き込んだ。

「彼女はふけた？」

下妻はうなずいた。彼が逃がしてやったに違いない。

「それからも何度か会って、いろんなネタをくれたよ。しかし、ここに戻ってきてたとはなぁ」

二色の仕切り鍋がテーブルに置かれた。

羊肉や野菜をシャブシャブにして食べるようだ。小松菜を赤いスープにさっと通し、ゴマだれをつける。ほどよい辛みと甘さの相性がいい。羊肉は透明なスープに浸して食べた。癖がなくいい味だ。額のあたりに、汗がにじむ。

その後、下妻は理事長射殺事件の起きた医大病院で、医療過誤が起きているらしいと切り出した。しかし、古城はさしたる情報も持っていない。話は長く続かなかった。

3

翌日、古城は保安員の水野《みずの》と会うため、中野に出向いた。彼女は四年前、上代を担当している。水野が指定したのは、複合ビルに入った商業施設のバックヤードだった。

「毎日、一日三万歩は歩きます。休憩はないし、いつも無線でつながっていて気が抜けません」

水野は四十過ぎのベテラン保安員だった。長髪で白のボーダーのカットソー姿、買い物袋を提げればどこにでもいる主婦に見える。

「それは伺っています」古城が答える。「調書はA４一枚に減りましたけど、そこまでたどり着くのが大変ですからね」

「現行犯逮捕は危ないし、とにかく、目が疲れます。追尾がはじまったら、トイレも行けなくなっちゃうし」

「そうでしょうね」

自分たちも張り込みで同じ経験をしている。

「この間なんて捕まえたら、鞄から大麻が出てきて、大騒ぎになりました」

「そうなんですか」

「今日は、上代さんの件ですよね？」

こちらから訊く前に切り出されて、少し驚いた。

電話で上代さよ子の名前を出したとき、すぐ反応はあった。年間何百人という万引き犯を捕らえているはずなのに、名前だけで思い出せるとは、よほど印象深かったのだろう。

「あの人の場合ですね、入ってきたときはまったくふつうで、ぜんぜん気にもかけなかったんです。それでふと、化粧品コーナーを覗くと、もうやたらめったら、ろくに商品も見ないで、ばんばん買い物籠に入れてたんです。そのまま商品を隠しもしないで、レジの横をすり抜けて。ものの五分かそこらでしたね」

「店員も気づかなかったんですか？」

「まったく」

「大胆なカゴヌケですね」

レジを通さず、万引きした商品を入れた買い物籠を持ったまま、外に出てしまう手口だ。

「罪悪感が皆無なんでしょうね。だから、万引き犯独特のおどおどしたオーラが出ていなかったんですよ」

「それがこのときのものですか」

当時、水野が警察に提出した報告書を見せると、一読して、そうですと答えた。

「金額が多いし店長の意向もあって、警察に報告しました。でも、報告されていないんですけど、ほんとうは彼女はその前にもやってるんです」

「というと……？」

「逮捕後に、同じ場所の防犯カメラの映像の記録を確認したんです。そのときも、堂々とカゴヌケをしていました」

「その時は摘発されなかったんですね？」

「誰も気づかなかったんでしょうね」

古城は報告書を指し示した。

「このときは旦那さんが来たんでしょ?」

「青い顔してすっ飛んできましたよ。結構年上で、もともと小学校の校長か何かをしていたらしいですけど。もう平謝りですぐお金出して、頼むから警察に引き渡さないでくれって泣きつかれちゃいました。でも、奥さんのほうはどこ吹く風っていうか、平然としていたな」

「そういう人は、珍しい?」

「ええ。なかなかあんな飄々《ひょうひょう》としたひといないので、印象に残っています」水野は机に両肘を置いた。「あれって、完全な窃盗症《クレプトマニア》ですよ」

クレプトマニアとは、窃盗を止めたくても、意志の力では止められない、依存状態のことだ。盗みそのものが目的となっているので、経済状況にかかわらず、必要でもない商品の万引きを繰り返す。

「今まで、何人かそういう人を見たことがあります。盗んだ物を放ったらかしにしたり、捨ててしまうこともあるんですよ。商品を見ていると、スイッチが入ってしまって、わくわくしてしまうとか。無事に外に出ると、すごい達成感があるらしいです」

古城は報告書に目を落とした。

「旦那さん、必死で抗弁していますよね。彼女は内気で、息子さんから毎日DVを受けているから、その影響なんだとか」

「それは本当なのかなと思いました。旦那さんもその話になると顔が引きつっていたし」

報告書には、さよ子の息子は大学受験に失敗してから引きこもりになり、以降家庭内での暴力行為が目立ったと書かれている。

「しかし、DVですか……」

「ええ。万引きになんらかのはけ口を求めた結果なんでしょうかね。だとしたら、典型的なクレプトマニアです。あの調子だと、ほかのお店でもがんがんやってたんじゃないかな」

さよ子の犯行は続いている。逮捕からもう四年も経つというのに、治療などはしなかったのだろうか。つい、古城は表情を歪めてしまった。

「お尋ねしますけど、また彼女、やってるんですか？」

「それはちょっと」

さすがに守秘義務がある。

「水野さんは残業、多いですか？」

不自然だとはわかりつつも、古城は話を変えた。

「毎日夜中まで。この仕事、精神的にちょっとやばいです。他人をみんな疑うようになっちゃうから」

しみじみと水野はつぶやいた。

4

翌日。

大久保の上代宅まで、古城は村上とともに歩いた。

「上代さよ子がクレプトマニアというのは、ちょっとどうかなと思うんですけど」

村上が口を開いた。

「そう？」

「キャバ嬢を集めて、堂々と売りさばいているんだから、完全に金目当ての犯行だと思います」

「それはそうなのよね」

「一度、しっかり張りついて、現行犯逮捕するしかないと思いますが」

「それができればいいけどさ」

上代家の三軒向こうの家の前で、子ども乗せ自転車を引いた女と、七十過ぎくらいの女性が話し込んでいた。ふたりに警察手帳を見せ、この近辺の防犯事情について聞きたいと声をかけると、両方とも神妙な顔で応じた。カモフラージュのため、外国人による窃盗事件が連続して起きているが、心当たりはないかと尋ねる。

「そんなのここらでは年中だしねえ」

年配の女性が答えた。

「そちらの角のお宅も、盗みに入られたようなんですけど」

古城は上代宅を指さした。

「ええ、そう？」

年配の女性が子ども乗せ自転車の女の顔を見て、確認を求める。

「わたし知らないけど」

「そういや、四月だったかな、上代さんとこの息子さんと駅ですれ違って」年配の女が続ける。上代修平のことだろう。

「久しぶりに見たから、声かけて、いまどちらにお住まいでって聞いたのよ。大宮にいるって言うじゃない。何でも、去年からデイサービスの職員をしてるとかよ」

「えっ、ずっと引きこもっていたあの子が？」

子ども乗せ自転車の女が応じた。

「そうよ。大宮の寮に入っていて、待遇もそこそこなんだって」

「へえ、そうなの。人は変われば変わるもんねえ」

「さすがにもういい大人だからさ」

ふたりは古城たちのことは忘れたように、噂話に盛り上がっている。

「おかあさんも大変だったでしょうね？」

古城があいだに入った。

「さよ子さん？」年配の女がこちらを向く。「そりゃあね。あんな立派なご主人と引きこもりの息子さんとの間で、小さくなってたと思いますよ。道で声かけても、びくっとして頭下げて行っちゃうもの。わたし悪いことなんて、ひとつも言ってないのによ」

「さよ子さんの旦那さんは、いま何をしていらっしゃいますか？」

案内簿に職業の記載はなかった。

「学校やめてから、ずっとボランティアだよね」

年配の女が言う。

「学校というと小学校ですか？」

「中学。校長先生までやったはず」

「ボランティアというと、どのような？」

「区の日本語ボランティアじゃなかった？　本人が晴れがましそうに何度か言ってたけど」

「あっ、そう」

ふたりはこちらをそっちのけで、また話し込んでいる。

「校長先生だったころはね。もう、こう胸張って歩いていたのよ」

「そうそう、ぱりっとしたシワひとつない背広着て」

「奥さんいつも、シャツとか山ほど抱えて、クリーニングに通って。うちの亭主と比べて、大変だなぁって」

「お金もあるんじゃない？」

「だろうね」

「それにしちゃ、みすぼらしい家だけどね」

「そんなうちに限って、貯め込んでるんでしょ」

話の途切れる様子のないふたりに礼を告げて、古城たちはその場を離れた。

村上がスマホで検索すると、すぐにボランティア団体のホームページに行き着いた。外国人居住者向けに、日常生活で必要となる日本語の習得を支援するための団体である。区内十ヶ所の会場で毎週定期的に日本語教室を行っており、それなりに本格的なもののようだ。団体の代表電話番号にかけて、このあと訪問して良いかと尋ねると了解が得られた。歌舞伎町にある東京都健康プラザ、通称ハイジアに事務所を構えているという。

ハイジアには歩いて十分かからずに着いた。受付を抜けて、十一階まで上がる。

黒縁メガネをかけた三十前後の女が出迎えてくれた。首に古沢《ふるさわ》と記されたネームホルダーをかけている。上代隆博の名前を出すと、古沢はすぐにピンときたようだった。

「たしかに、上代先生はこちらのボランティアスタッフとして参加されています」

「いつ頃からですか？」

古沢は名簿のファイルを持ってきて、広げた。

「登録は、三年前ですね」

「中学校を退職されてすぐにご登録されたわけですね」

「おそらく」

「再任用されて、教師の仕事も続けられているのでしょうか？」

「いえ、教職はやめられたのだと思います。これからは、ボランティア一本で、地元に貢献したいとよく口にしていらっしゃいましたから」

「ご立派な方ですね」

「はい、とても人格者というか。いい方です」

「いまもこちらで活動を続けていらっしゃるわけですね？」

村上が口をはさむと、古沢の表情が曇った。

「それが、最近はいらっしゃっていなくて……ちょっとお待ちください」

古沢は事務室に入っていって、年配の男を連れてきた。

「ああ、上代先生ですね」男は言った。「今年の四月の第一週までは講師をされていらっしゃったんですけど、その翌週から欠席になっておりますが」

「急にやめられたんですね？」

「たしか、体調が優れないので、しばらくお休みをいただくというお電話を奥様からいただいたような覚えがあります」

「そうですか」

これ以上訊いても、たいした情報はとれないだろう。

「上代先生の生徒さんからの評判はいかがですか？」

村上が質問をした。

「もともとこのクラスは少人数ですので、その分、親身になって個人指導ができる態勢になっています。上代先生はとてもご親切な方で、生徒さんたちを連れて食事に行かれたり、いろいろと相談にも乗っていらっしゃるようですけど」

「そうなんですか……」

「一年間ずっと同じクラスを担当していただくので、生徒の皆さんとはかなりの絆が生まれますね。それが生きがいだというようなことも仰《おつしや》っていました」

「上代さんの奥様とお会いになったことはありますか?」

村上が尋ねた。

「何度か。クラスの公開授業の日にもいらっしゃっていましたよ。仲の良さそうなご夫婦で」

「わかりました」古城が引き取った。警察手帳を見せ、上代隆博の携帯の電話番号を教えてもらって事務所をあとにした。

エレベーターの手前で、隆博に電話をかけてみたが、電源を切っているか電波の届かないところにいるとの応答だった。

「息子が気になりますね。住民票を大宮に移していても、勤務先はすぐわかると思いますけど」

村上が言った。

「息子のことは同時進行であたるとして、結局覚悟を決めてさよ子を行確《こうかく》するしかないね」

村上がきっと古城を見た。

「万引きの現行犯で逮捕しましょう」

5

上代さよ子が動いたのは、行動確認をはじめて三日目の午後だった。猫背気味に家から出てきたさよ子を、古城と村上は追った。さよ子はゆったりした茶色のデニムジャケットに、紺のレギンスパンツを着て、マスクをつけている。ジャケットの胸元にカメレオンの刺繡が施されている。彼女は狭い路地を抜けて、明治通り沿いのオフィスビルの一階にあるドラッグストアに入店した。古城はさよ子の後方から、村上は少し離れたところで監視を始めた。

さよ子はまっすぐ化粧品コーナーに進んでいくが、よく見ると、防犯カメラや店員の動きを、それとなく窺っていることがわかる。棚の向こう側から、村上が覗き込んでいた。古城は七メートルほど離れた位置から、見守った。

同じコーナーを見ていた女性客がいなくなり、さよ子がひとりになったそのときだ。ブランドもののメイク落としと思われるものを手に取った。中身だけを抜き取ったように見えた。一瞬の素早い動きだった。そのあと、中身も箱も、どこにやったのか、わからなくなった。

さよ子は横に動き、目元専用の美容液をつかんだ。同じように抜き取ろうとしたので、古城は目を凝らした。胸元のジャケットの内側に中身だけを入れたようだった。化粧水やマスカラ、さよ子が手にしたものが、次々と棚から消えてなくなった。ほんの二分ほどのことだった。

さよ子がこちら側を向いたので、古城はあわてて棚の陰に隠れた。さよ子が早足で出口に向かって歩く。レジを通らず、表通りに出て行ってしまった。

古城も表に出た。村上が先に追いついた。「上代さん」と呼びかける。

さよ子はぎゅっと肩を縮め、こちらを振り返った。

古城はふたりを追い越し、さよ子の背中についた。

「精算していない品物をお持ちですよね？」

きっぱりと声をかけた村上に、さよ子は、

「何の話ですか？」

と無表情で応じた。

「これ、あなたが持っている化粧品の外箱。棚のあいだに挟まっていたけど、どうなんです？」

ラテックス手袋をはめた手で持った箱をかざすが、さよ子は動じる気配がなかった。

村上から顔を背けている。

「勘違い」

踵《きびす》を返して、さよ子は古城の脇を通り過ぎようとした。

古城はさよ子の前に立ちはだかり、腰元に手を回して、体を張りつけた。

「警察です、お店に入りましょう」

耳元で言うと、瞬間、さよ子がたじろいだような視線を寄こした。

さよ子を連れて店内に戻った。村上がその場にいた若い女性店員に訳を話し、事務所に連れていった。

テーブルに着かせると、男性の店長が駆けつけてきた。

警察手帳を示し、万引きの現行犯で逮捕します、と告げると、胸に池田《いけだ》の名札をつけた店長は目を丸くした。

「あなた何を盗《と》ったの？」

詰め寄った池田に、村上が犯行の一部始終を話した。

池田があたふたと女性店員に指示を出し、村上とともに店員は事務所を出ていった。

「店長さん失礼します」古城が声をかけ、さよ子の方を向いた。「あなたの身分証明書を見せてください」

さよ子は首を横に振るだけだった。

「身体捜検します」

古城は言うと、さよ子のジャケットの胸元を開いた。たすき掛けにした膨らんだビニール製の袋が露わになった。古城はすかさずそれを引きちぎるように外して、中身をテーブルにぶちまけた。盗んだばかりの品々が転がり出て、美容液のひとつがテーブルから落ちそうになった。古城はあわててそれをつかんだ。

「高額商品ばかりじゃないか」池田がさよ子の耳元で怒鳴る。「あなた、今回が初めてじゃないよね？」

うつむいたまま、さよ子は黙り込む。

「初めてじゃないでしょ。これまでもあったよね」

さらに、池田が声を大にする。

「……ません……」

「えー、何っ？　この美容液いくらするか、知ってる？　二万だよ、二万。それを、いち、にー、さん、しー、ご」池田が盗品を数える。「ぜんぶ合わせると十万超えるよ。いったい、どうする気。あなた払えるの」

池田がテーブルをがんがん叩く。

「店長さん、少し」

古城は池田をなだめて向かい側の席に着かせ、古城はその横に座った。もう一度犯行の確認をしたが、さよ子は否定した。警察官に捕まっているというのに、ひるんでいない。

この様子から、前回逮捕されたとき以外にも、何度も摘発された経験があるような気がした。その場その場で空気を読んで、巧妙に言い逃れをしてきたのかもしれない。

村上が戻ってきて、空箱を四つ、テーブルの上に置いた。

「棚のあいだのすき間に挟まっていました」

池田が触ろうとしたので、古城は「証拠品ですから」と言ってそれを制した。

「五つの合計金額は十万八千五百七十円です」

村上が続けて言った。

「いま、お金はいくら持ってるの?」

古城が問いかけた。

「財布見せなさい」

池田に急《せ》かされ、さよ子はレギンスパンツのポケットから、チャック式の小さな小銭入れを出した。中には千円札が一枚と、百円玉が三枚入っているだけだった。

あらためて、古城はさよ子の身体を調べたが、スマホ以外に持ち物はなかった。

村上がいたたまれないといったように、さよ子に顔を近づける。

「さよ子さん」村上が名前で呼びかける。「わたしのこと、覚えてないですか?」

さよ子はちらっと村上の顔を見たが、何の反応も示さなかった。レンタルルームで盗品を購入した客であることを覚えていないのか、忘れたふりをしているのか。マスクをつけていたせいもあるだろうが、どちらともつかない。

「うーん」

池田が腕を組んで天井を見上げた。

「どうして、盗ったんですか？」

平静を保ち、古城が訊く。

さよ子は石のように固まったまま、一言も発しない。

「家族はいるんでしょ」池田が身を乗り出した。「ここに来てもらうから、電話番号言って」

さよ子はためらった末に、スマホを操作して、電話番号を表示する。夫の隆博の番号だ。

池田がそれを見て、「旦那さんだね」と言い、自分のスマホでかけた。つながらなかったようで、一度切って、かけ直したがだめだった。

「ほかは？」

ぶっきらぼうに池田が訊く。

さよ子が横を向いたので、古城はさよ子のスマホを取り上げ、別の人物の番号を表示させた。息子の上代修平だ。

「これ誰？」

スマホの画面を見せるとさよ子の顔が一瞬、引きつった。

池田に、息子の電話番号である旨を耳打ちすると、池田はすぐにその電話番号に架電した。今度はつながった。

池田は早口で、「あなたの母親が万引きしたので、すぐに来てくれ」と一息にまくし立てるが、すぐに「えっ」と驚きの声を上げ、しどろもどろになった。

「来ないって、あんたの母親が盗んだんだよ？　早く来なさい、あ」

池田は叫び声を上げ、片手を上げて空をつかんだ。相手に電話を切られたようだ。情けない顔で古城を振り返る。

「来ないそうです」

「ほかは？」

村上が問いかけるも、さよ子は冷めた表情で、一瞥《いちべつ》をくれただけだった。

古城ははらわたが煮えくりかえった。堂々と窃盗を行い、発覚したあとも、少しも悪びれない。

「署に連行します」

その言葉にも、さよ子は動じる気配がなかった。

十分ほどでパトカーが到着した。村上との間にさよ子をはさんで、古城はパトカーに乗るよう促し、新宿警察署に向かった。取調室に入っても、さよ子は観念した様子も見せず、黙っている。

これは骨が折れるかもしれない、と机で正対して古城は思った。

予想は当たった。万引きの理由をいくら訊いても、暖簾《のれん》に腕押しだった。盗んだ品をレンタルルームで売りさばいていることも否定した。クレプトマニアではないのかもしれない。犯行の陰に、何か別の意味が潜んでいるような気がしてならなかった。古城は様子を見に来た下妻に状況を簡単に報告して、取り調べを代わってもらった。

十五分もしないうちに下妻は音《ね》を上げて、首を振りながら席を立った。古城は取調室を出て行く下妻のあとを慌てて追いかけ、「金目当ての方向で押してもだめですね」と声をかけた。

「普通に考えると、金目当てなんだけどなあ」下妻は腕を組んだ。「何か、におう」

「そう、においます」

とはいえ、古城にもそれが何なのかはわからない。

「とりあえず、家宅捜索。令状を取ってくれ。同時にご近所の聞き込み。それが済み次第、旦那と息子に会って話を聞くしかないな」

「ネットを使った盗品売買関係も押さえたいと思います」

「やってくれ」

「わかりました」

6

翌日、古城はセダンに乗り込み、下妻と大宮に向かった。着く頃には、小雨が降り出していた。矩形《くけい》の土地に老人ホームとデイケアセンターのふたつの建物が並んで建っている。古城は道路際のスペースに車を停めて、電話をかけた。三分ほどで、紺の制服を着た小柄な男が施設から出てきて、雨を避けるように小走りにやって来た。上代修平だろう。マスクはつけていない。ひげの少ない、つるっとした顔をしている。古城は車を降りて、修平を後部座席に乗せて、運転席に戻った。

「ご協力ありがとうございます」

古城が後ろを向いて、型どおりの言葉をかける。修平は隣にいる下妻をちらっと見て、「あ、いえ」とつぶやき、居心地悪そうに両手を足のあいだにはさんだ。

「えっと、こちらではいつから働いてますか？」

古城が訊いた。

「ちょうど一年前から」

「どこかで募集を見て？」

「親戚の紹介で」

「お父さんの紹介じゃなかったの？」

下妻が声をかける。

「違います」

それだけはきっぱりと口にした。

「資格は何かお持ち？」

「こっちで介護職員初任者研修を取りました」

「じゃ、いまは夜勤とかもこなしてる？」と下妻。

「まあ」

寮に入っているくらいだから、やらざるを得ないのだろう。

「ちょっと失礼だけど、あなたは大学受験に失敗してから、自宅に引きこもっていたよね？」

下妻が訊く。

「はい」

「しばらくご自宅にいてから、いまの仕事を始められたわけだけど、よく踏ん切りがついたね」

「家にいるより、いいし」

やや不機嫌そうに口にした修平に、古城は、「お母さんはずいぶん、やさしい人なんじゃない？」と促した。修平の反応はない。

「きみがさ、お母さんに暴力を振るっていたという話を聞いたんだけど、それってどう？」

下妻が続ける。修平の表情はかたまったままだ。

「母はずっとぼくに不満ばかり言ってたんです。それで頭にきて」

「暴力を振るったわけね」

「いつもじゃない」修平は顔をそむけた。

「親父も学校行け行けって。へぼ教師のくせに、体裁ばっか取り繕って」

「お父さんにも手を上げたのね？」

「少し」

「お母さん、万引きを繰り返していて、盗んだ商品を売ったりしているんです。きみはそのことを知っていた？」

上代家の家宅捜索の結果、段ボール三箱分の盗品が発見されたのだ。

「最低だな、あの女。知りませんよ」

「お父さんはどこにいるのかしら？」

いくら聞き込みをしても、居所がつかめないのだ。

「さあ」

「あなた、最近、自宅に帰った？」

「今年の春に一度だけ」

「そのとき、お父さん、いたんでしょ？」

「いましたけど……いないなら、実家かな」

「お父さんの実家？」

「はい」

「どこかしら」

「北千住です」

実家の名前と番地を聞き出して、修平を解放した。

「あいつ、あんな弱そうなのに、暴君だったんだな」

下妻が、逃げ込むように施設へ走る修平の背中を見ながら言った。

「ですね」

「狭い家の中で、両親は息子の顔色を窺って、びくびくしながら暮らしていたわけだ」

「さよ子が万引きに走った理由もわかります」

息子の暴力が、さよ子にとっては耐えがたいストレスだったのだろう。

「あとは父親の話を聞くだけだな」

「これから行きますか?」

「行こう」

7

首都高速埼玉大宮線の浦和北インターから入り、首都高速5号池袋線を経由して、中央環状線の堤通《つつみどおり》インターで下りた。雨はやんでいた。カーナビの指示に従って、西に向かった。新旧の家々が軒を連ねる道だ。この先は、車が入り込めない。駐車スペースの空いているところにセダンを駐めて、そこから歩いた。

突き当たりを、左に曲がった。間口の狭い二階屋がすき間なく立ち並んでいる。モルタル壁の家が狭い路地の角にあった。鉄製のフェンスに取り付けられた住居表示の番号は、修平が告げたそれだ。一階の雨戸は閉め切られ、二階のカーテンも閉じられている。空き家なのだろうか。

家のまわりを歩いていると、向かいの家の玄関先に年配の男が現れた。

「そこ、誰も住んでいないよ」

と声をかけてくる。

「二年くらい前に、ひとり暮らしのおばあさんが亡くなったんだけど、区役所が身内に連絡を取っても、なしのつぶてだったみたい。そのまま放置されてるんだから、困っちゃうよ」

「ここ、上代英夫《ひでお》さんのお宅ですよね？」

「旦那はもうとっくに亡くなって、おばあさんひとりだけだったよ。このあたり、無接道の再建築不可の土地だから、結局そんなもの相続したい人間なんていないんだよ」

開いた口がふさがらなかった。修平からそこまでは聞いていない。

男が引っ込むと、下妻が修平に電話を入れ、しばらく話し込んだ。

「鍵を置いてある場所を教えてもらった」と下妻はフェンスの扉を開け、家を回り込み、路地に面した玄関の引き戸の鍵を外した。

「修平の許可をもらった。入ってみるか」

そう言いながら、下妻が戸を引くと、腐った魚のようなにおいに鼻をつかれた。これは……。

「まずい」

下妻はハンカチで鼻を覆い、靴を脱いで上がった。

狭い廊下の左右にある部屋は、きれいに片付いている。テレビのある居間には、斜めに布団が敷かれていた。廊下に戻り、奥の浴室につづくガラスの引き戸を開けたとき、脳天を突くような激しい臭気が襲ってきた。古城は下妻の肩越しに、覗き込んだ。浴槽に黒々としたものが横たわっている。人だ。ボロボロの服らしきものを着たまま、仰向けで、膝の上あたりから両足が浴槽の上にはみ出ていた。男だった。抜けた髪の毛が、べったり浴槽の際にこびりついている。ここまでの変死体を見た経験がない。いったい、いつからなのか。

下妻は風呂場に入って、冷静に見分している。

胃液がせり上がってきて、その場にいられなくなった。署に報告しますと告げて、そこを離れた。玄関で課長に電話で報告を入れ、あたりのものに触らないように、靴を履いて表に出た。

五分ほどで下妻が現れた。

「三ヶ月から半年か」

下妻がつぶやき、玄関の戸を閉める。死臭が外から分からなかったのは、風呂場がほぼ密閉されていたためと思われた。この家の人の出入りはずっと途絶えていたのだろう。

「隆博でしょうか？」

「たぶんな。ぴったり家の鍵が閉まっているから、赤の他人が外から入り込んだとは考えにくい」

「でも、あんなところで」

「水を張っていない空の浴槽に収まったんだと思う。死体外部の損傷はない。頸部《けいぶ》が圧迫された痕も見つけられなかった。血液が流れた様子もないし、ほかの部屋にも血痕は落ちていない。服を着ているから、入浴中に心臓疾患で突然死というのも考えにくい。やっかいこの上ない変死体だ」

自殺にしては、不自然すぎる。

数ヶ月ものあいだ放置されてきたのは、何らかの事情があったはずだ。

「修平も最近はここに足を踏み入れなかった。ほかに何か知っているとするならさよ子だな」

「ほかにないですよね」

下妻はため息をついて、家を振り返った。

「まずは現場検証と解剖だな」

8

「見つかったご遺体は、DNA検査で隆博さんだと判明しました」

古城が言うと、さよ子は肩を大きく動かして息を吐いた。

「今年四月、あなたは日本語ボランティアの事務局に、隆博さんの具合が悪くて欠席すると電話で伝えていますよね」

さよ子は貝のように口を閉ざしたままだ。

「そのときは、隆博さんが亡くなっているのはご存じだった?」

「いえ」

さよ子は物憂げに言う。

「隆博さんは、どんな方でしたか?」

「とても優しい、立派な人でした」

そう言うさよ子の声は、ほとんど聞き取れなかった。

隆博の死体が見つかって五日目。同じ質問が繰り返されても、否認を貫いている。

現場からさよ子の複数の指紋が検出されたが、それが隆博の死にさよ子が直接関係している証拠にはならない。隆博は生前、重篤《じゅうとく》な病気には罹《かか》っていなかった。毒物反応も検出されておらず、死因は栄養失調による衰弱死となっている。

「あなた、これまで生活はどうしていたの？　どこかで働いていた？」

「いえ」

さよ子は不機嫌そうに答える。

隆博の実家のタンスから、隆博名義の預金通帳が見つかった。三百万円近い残金があり、今年の三月二十九日、十五万円が引き出されたのを最後に、金は下ろされていない。年金などの入金もなかった。それ以前には十万から十五万円ほどの金が不定期に引き出されていた。奇妙なのは、電気や水道などの公共料金の引き落としがされていないことだった。さらに、別の銀行で退職金の三千八百万円が手つかずのまま定期預金に組み入れられていた。


午前中で取り調べを終え、村上とともに聞き込みに出る。ボランティアの事務局に寄り、隆博と親しかった生徒たちの連絡先を十人近く教えてもらった。ほとんどが、新宿区内在住だ。その場で電話をかけると、半分近くが事情聴取に応じてくれた。

最初は焼き肉店勤務の若い韓国人だった。隆博は親身になって教えてくれ、夫婦で焼肉を食べに来店してくれたこともあると語った。次に向かったのは、新大久保駅に近い雑居ビルにある中国人向けのネットカフェだった。ガラス戸を開けると、中国語が飛び交っていた。大型モニターとパソコンが備え付けられた長テーブルで、ざっと二十人ほどがゲームに熱中していた。ようやく店員を見つけて、目指す人物を紹介してもらった。

こちらは若い中国人で、隆博への感謝を洩らしただけだった。

続いて、新大久保駅の西側にあるインドネシア食材店を訪れた。隆博の名前を出すと、奥から、全身黒ずくめ、ピンクのヒジャーブを頭に巻いた若い小太りの女が出てきた。

「先生、とても、やさしい人ね。すごく教え上手」

「先生は奥さんのこと、話したことあります？」

横から村上が訊いた。

「奥さん、いたね。よく、ふたりで店来た。スパイスとか野菜とか、買っていってくれた」

「仲良かったのね」

「そう、すごく仲が良い」

彼女の表情から、あらためて上代夫婦の仲の良さを思った。

明日の取り調べでは、正面から、隆博のことを訊いてみよう。それしか方法はないだろう。

9

翌日、朝からさよ子の取り調べをはじめた。

「四年前から修平さんが暴力を振るうようになりましたね」

さよ子は、またその話かという顔付きである。

初期の頃は、ストレスによって衝動的に万引きをしたのだろう。しかし、修平が家を出たのちも、さよ子が万引きを続けてしまったのは何故だろうか。

「若い頃から、あなたがたご夫婦はずっと仲が良かったと聞いています。修平さんのDVが始まると、隆博さんはますますあなたへの思いやりを強め、あなたも隆博さんを頼った。万引きをしても、隆博さんはあなたを庇《かば》い続けた」

さよ子が肩を小刻みに震わせた。

「隆博さんは教師として尊敬されていたし、退職後も、ボランティア活動に熱心でした。クラスの生徒たちも、いい人だったとみな口をそろえて語っています」

さよ子は苦しげな表情を浮かべて窓の方を向き、うつむいた。

「あの人は立派なひとなのに。わたしがダメだから……だから、修平も……」

夫が自分に優しく接するほど、万引きをするような自分が惨めに感じられたのだろうか。それがさらなる心の枷となり、さよ子は万引きを繰り返してしまったのかもしれない。

「隆博さんはあなたを思っていたからこそ、万引きによって、自分を傷つけるようなことはしてほしくないと強く願った」

さよ子の手がぶるぶる震えて、口が酸素を求める魚のように、開いたり閉じたりした。

古城はここが押し時だと感じた。

「隆博さんの死因は、極端な栄養失調によるものでした。あなたは、隆博さんの遺体を見つけられたのですよね？　混乱したし、頼れる人もいない。さよ子さん、そのときのあなたの気持ちはわたしにもわかる気がする。だからこそ教えてほしいんです。どうして、隆博さんは食事を取らずに」

「……はんす……」

さよ子は何かつぶやいたが、はっきりと聞き取れなかった。

「隆博さん、何かの病気だった？」

「違う」

さよ子は、少女のように体を揺すった。何かが、その小さな体から吹き出ようとしている。古城はさよ子の手を握りしめた。

「さよ子さん、話してみて」

「……とても、夫は辛かった」

ずっとふらふらと漂っていたさよ子の視線が古城に合った。

「彼は万引きをやめさせるために、いろいろしてくれた。病院に連れていったり、ずっと一緒にいてくれたり。けれど、わたしいつも裏切ってしまって。そのたびに、彼はわたしに、自分が悪いって謝って。だんだん元気がなくなっていって」

息子のＤＶに、妻の窃盗癖である。隆博にかかるストレスははかり知れない。その結果、彼は拒食症にでもなってしまったのだろうか。

「それで夫は、ハンガーストライキを宣言したの」

耳を疑った。いま、何と言った？

さよ子の目が、かっと開いた。

「『万引きをやめるまで、おれはハンストする』って……」

「隆博さんがあなたに、そう言ったの？」

大きく、ゆっくりとさよ子はうなずいた。

「隆博さん、実家でそれを実行したのね？」

さよ子は首が折れたように、がくりと項垂《うなだ》れ、古城の手を離した。

「それしか、やめさせる手はない、って」

弱々しく口にしたさよ子の言葉が信じられなかった。

彼の言葉通り、それが本当に妻の万引き癖を正すために残された最後の手段だと考えたのか。それとも、追い詰めてしまった妻へのせめてもの償いだったのか。

隆博は、どこまで自分の死を覚悟していたのだろう。ただわかるのは、ふたりはともに、人間の奇妙な業《ごう》に搦《から》めとられてしまったということだった。一方で古城は、これは隆博の妻に対する最後の愛情表現であるのかもしれないとも感じていた。

さよ子がいま一人で生きていること、そのことに、胸が締め付けられた。

うつむいたさよ子の目に、涙の滴がにじんでいた。

失踪

1

〈新宿4から東京本部、当署管内において、不審火と思われる火災発生、場所は北新宿一丁目、繰り返す、当署管内において火災発生、詳細確認中〉

刑事課のスピーカーから、乾いた声が流れる。緊張感が伝わってこない。

またか、と古城は思った。九月以来、管内のあちこちで小火《ぼや》が起きている。

〈こちら新宿4、火災発生現場は小滝橋通り西側の住宅街、二階建て空き家の物置付近で火の手が上がったものの、近隣住民により鎮火された模様〉

子どものいたずらか、変質者による仕業だろう。大きな火事になったことはなく、小火ですんでいるせいか、捜査も進んでいない。

「この人……」

怪訝そうな声で、スマホを見ていた村上沙月巡査が言った。

覗き込むと、SNSに男女の上半身が映り込んでいた。白い柱と茶色いガラス壁を背景に、

〈やっと、ふたりきりになれた。これからディナー〉

とキャプションがある。女はレイヤーカットのロングヘアを垂らして小顔に見せているが、たるんだ二重アゴが年相応の雰囲気を際立たせている。顔隠し処理された男は、シルエットから女よりずっと若い感じだった。検索ハッシュタグは、〈歌舞伎町ホスト〉。

拡大表示された女の顔を、古城美沙巡査部長はまじまじと見つめた。似ていると思った。長い付け睫毛と目の下のクマが特徴的な顔立ち。一度だけ写真に撮られた熟女キャッツアイの女に。

「ミヤ」

村上に声をかけ、その手を引っ張って下妻晃統括係長の眼前にスマホを差し出させた。

一瞥した下妻の眉がぎゅっと強ばり、村上を見上げた。

「キャッツアイか？」

「そう思います。間違いない」

古城が答えた。ここ半年、歌舞伎町のホストを食い物にする熟女の昏酔強盗だ。

「午後七時五分投稿……」

下妻は毛むくじゃらの手首に巻いた腕時計を見る。午後七時三十五分。帰り支度をはじめる時間だ。

「場所さえわかれば、捕まえられますけど」

村上が声を出すと、じっと写真を見つめていた下妻が、歌舞伎町で一、二を争う規模のサウナを口にした。

「あ、そう、そこです」

目をしばたたき、村上は古城と顔を見合わせた。

「このふたり、まだこのあたりにいるかな」

「駆けつける頃にはいなくなっちゃってると思うけど」

古城の言葉も耳に入らず、下妻はブルゾンを着込んで早々に刑事課をあとにした。そのあとを村上とともに追いかける。車で行くのも面倒で、正面玄関から飛び出した。青梅街道を走る。スマホで同じ係のふたりに連絡を取る。新宿大ガードの金券ショップ前で、六十過ぎと見える男女がプラカードを掲げて立っていた。その男性と下妻がアイコンタクトしたので、古城はおやっと思い、プラカードに目をやった。

〈息子を探しています〉

宮田勇介《みやたゆうすけ》25歳　５年前、歌舞伎町にて行方不明

ツーブロックにした長髪の男の顔写真が貼られていた。住んでいたアパートの写真や所在地まで書き込まれている。ふたりがチラシを手渡そうとするが、通行人のほとんど

が素通りしていく。先週、このふたりが新宿駅の南口で同様に立っていたのを思い出した。

下妻は言葉を交わさず、早々に通り過ぎて、ネオンのきらめく歌舞伎町一番街から花道通りに入った。川辺巡査部長と筒見巡査部長が合流する。五人ひとかたまりになって、三番通りを北に向かった。バッティングセンター手前にあるサウナの前で足を止めた。下妻がサウナの殿堂ともいえるビルを見上げ、きょろきょろ通りを窺う。古城もほかの捜査員と手分けして、ビルのまわりをぐるっと回った。それらしい人物は見えない。

「いません」

「こっちも」

係員が声をかけあうのを下妻がじれったそうに見守る。

スマホに見入っていた村上が、あっ、と声を洩らした。自分が見ている画面を皆の前にさらした。

キャッツアイらしい女が、さきほどのホストとともに写っている写真がアップされていた。

〈頰が落ちそうなほどおいしい。海鮮なう〉

寿司屋か海鮮料理店の中で撮っているようだ。発信時間は午後八時四分。

ほんの二分ほど前だ。

「どこだろう」

と古城は声を上げた。

「海鮮だけじゃわからねえ」

川辺が洩らした。

「ですね、近所にはいくつもあるし」

筒見が付け足す。

「同伴だし」村上があたりを見回す。「きっとこの近くのはずです」

相手の男は、食事のあと、ホストクラブ勤務だから遠くには行っていないはずだ。

「手当たり次第に店へ」

下妻の言葉を合図に、全員が散った。

古城は村上とともに三番通りを元に戻った。花道通りの角にある海鮮料理屋に飛び込んだ。カウンターやボックス席にはそれらしい二人連れはない。警察手帳を掲げながら、個室の扉を遠慮なく開けた。三つある個室も空振りだった。スマホに川辺からメールが入った。

〈発見、みくに〉

添付された店の位置情報を見てから、そこを離れた。

歌舞伎町の北側にあるホテル街に足を向けた。場末な雰囲気が漂う狭い通りに、下妻らの姿があった。カラオケパブとラーメン屋のあいだに、地下に降りる階段がある。『みくに』のスタンド看板がひっそりと置かれていた。

「よく見つけたな」

と下妻が感心する。

「川辺さんは無類の魚好きですから」

筒見が応じた。

付近の角や店で張り込むことになり、古城は下妻とともに、みくにの向かいにある寿司茶屋に入った。通りの見える窓際に陣取り、みくにを監視する。ここならば逃げられることもない。とうとう熟女キャッツアイの尻尾をつかんで、安堵感が体を満たした。

下妻が注文した海老と野菜のかき揚げに手を伸ばす。古城は寿司セットだ。

「さっきのプラカードを持った人、係長の知り合いですか?」

余裕ができて古城は訊いた。

「うん、宮田ご夫妻。新宿六丁目に住んでいた当時二十歳だったご長男が五年前の夏に行方知れずになってさ。失踪する理由もなくて、心配したご両親の相談に乗った」

「それが、あのプラカードの写真の人でしたか」

「代々木にある観光の専門学校に通っていて、夜は歌舞伎町の焼き肉屋でバイトしていた。自殺するようなこともないし、アパートはきちんと片づいていた。トラブルに巻き込まれていた様子もなくてな。特異行方不明者には該当できなかった」

子どもや遺書を書き残した行方不明者は、命の危険が明らかなため警察の捜査対象となるが、そうでなければ特別な捜査は行われない。

「五年たって、プラカードで訴えるようになったわけか。諦めがつかないんでしょうね」

「親父さんは仕事の関係で山口に転勤になってさ。この春退職して、熊谷の自宅に戻ってきた」

「あ、それで」

今回も下妻に相談したのだろう。

二十分ほどして、川辺が階段を上がってきた。店に入ってきて、下妻の隣の席に着いた。

「ボックス席がふたつだけのちっちゃな店ですよ」川辺が言う。「カウンターは予約席だけど、なんとか端っこに落ち着きました」

「お通しを食べただけ？」

「とんでもない」にやりと川辺は笑みを浮かべる。「刺身の五種盛り合わせとホタテの磯焼き。佐賀の鍋島を一杯もらいました」

川辺は満足げな顔でレシートを下妻に渡した。

「承知。それだけの働きをしてくれたんだから、あとで払いますよ」

「ありがたいですね。しっかりネイルを決めたお姉ちゃんに給仕されて、料理はマイナス一ポイントでしたけどね」

古城はセクハラ発言を無視し、

「ところで肝心のふたりは？」

「奥に半個室があって。トイレの帰りに覗いたら、いましたよ」

「やっと……ですね」

古城がしたり顔の川辺に声をかけた。

「見つかるときはこんなもんだろ」

それから四十分ほどして、男女ひと組が地下から上がってきた。女のほうは熟女キャッツアイに間違いなかった。

ふたりは三番通りに戻り、ホストクラブの前で別れた。女は名残惜しげに店に入っていったホストの背中を見送り、踵を返して西武新宿駅方向に歩きだした。川辺とともに古城は尾行を開始した。プリントのボウタイブラウスにロングタイトスカート。身長百五十五センチほど、スカートの腰元についた肉のせいで、きつそうに見える。

女は拝島行きの鈍行列車に乗った。空いた席に座り、スエードの茶色いパンプスをべったり床に着き、スマホをいじりだした。ときおり首にかけたコインペンダントを手で触るくらいで、同伴の余韻を味わう様子もない。五つめの沼袋駅で下りた。北口から出て、沼袋親交会の商店街を百メートルほど歩いた。細長い店舗兼用の三階建てのビルの急階段を上がっていった。三階の奥手の灯りがともった。一階にある韓国食材店で番地を確認する。駅の南側にある沼袋交番で案内簿を見せてもらい、該当する住所を調べた。

北浦芳美《きたうらよしみ》　44歳　独身　職業　買取サロン勤務

いまの住所に住みだしたのは六年前。キャッツアイを特定し、ヤサづけまでできて古城は満足した。

2

「あなたが被害に遭った女性はこの方ですね？」

古城は隠し撮りした北浦芳美の写真をレオこと、川村伸幸《かわむらのぶゆき》に見せた。歌舞伎町のホストクラブ勤務の二十五歳。

じっと写真を見てから、川村は青白い顔を上げた。

「……間違いないです。こいつです」

「被害に遭ったのは半年前の四月十日。ブルガリの腕時計と現金四十五万二千円を盗まれましたね？」

「ですから、もう半年も前のことだし、話したじゃないですか」

川村は長い金髪を手ぐしでかき分け、顔をそらす。

「確認する必要があります。お話を伺えませんか」

丁重に付け足した村上に、しぶしぶ川村が顔を向ける。

「そうですよ。お金、もうちょっとやられたかもしれないけど」

「おいくら？」

たか？」

「五、六万」

「承知しました。被害届を訂正しておきます。北浦さんとのつきあいはどれくらいでしたか？」

「はじめて店に来たのは二月くらいだったから、そのときからです」

「金遣いはいいほうでしたか？」

「よかったですね。何度もシャンパンタワーをやったし」

「彼女の勤務先はご存じでしたか？」

「渋谷にある宝石店に勤めているとか聞いてますけど」

「ふつうの勤め人のようですけど、派手にお金を使うのを見ていて、どう思いました？」

「どうって」川村は頭を掻いた。「時間が空いたときに風俗で働くとか、そんなこと言っていたし、六本木の高級割烹によく連れていかれました。機嫌が良いと、ブランドの服を買ってくれたり」

「彼女自身、ブランドものが好きでしたか？」

「服、時計、靴、ぜんぶブルガリやディオールで固めていましたね」

「ホストのあいだで彼女の犯行が話題になっていたようですが、あなたの耳にも何か入ってきましたか？」

きょうは三人の被害者と会って、話を聞いてきた。

「金の件でトラブってる話はよく聞きましたよ。あの女が盗ったり、ホストが彼女のものを盗ったりとか。SNSでよくホストの寝顔をさらしてましたね」

「現金を手にしている彼女自身の姿をSNSにアップしたこともあるみたいですけど」

村上が口をはさんだ。

「見たことありますよ、それ」

北浦芳美が使っているSNSのIDが特定され、過去に発信したログはすべて目を通した。買い物のたびに、品物と金額をアップしているのだ。

「あなたが彼女をご自宅に連れていったのは四月でしたが、そのとき、睡眠薬入りの酒を飲まされて、寝入ったすきに金などを盗まれたと聞いていますが、実際はどうだったですか？」

古城は核心に切り込んだ。

「しばらくリビングでワインとか開けて飲んで、風呂に入ったあと、テーブルに彼女が用意したウーロンハイがふたつあって。それを飲んだら、意識が吹っ飛びました」

「気がついて起きたとき、盗まれていたわけ？」

川村は首を横に振る。

「いや、そのときはなにも。でも、二、三日して家に帰ると、金やブランド品がごっそり消えてなくなっていて」

「あとになって、鍵を盗まれていたのに気づいたと伺っていますが、やはりそうでしたか？」

「ですね。はい」

川村の住まいをあとにして、新宿六丁目に足を向けた。

「もう被害者の話を聞くのは十分かな」

村上が小声で言う。

「みな、同じことを言うし、もうきりにしていいかもね。物証が出ないのは残念だけど」

それぞれの被害者宅で鑑識が指紋を採取したが、北浦芳美と思われる指紋は検出されていない。

「犯行がばれないように、ホスト宅では細心の注意を払っていたんですよ。相当なワルです」

「たぶん。でも、SNSに堂々と自分の顔をさらしたりして、ちぐはぐだけどね」

「まさか見つかるわけがないと思ってるんですよ」

憎々しげに村上が言う。

午後四時半。明治通りを渡り、医大通りを東に向かう。商店街の手前にある雑居ビルで足を止めて、二階を見上げた。北浦芳美が勤めているブランド品買取センターが入居しているのだ。一階は美容室。勤務先について、川村にはうそをついている。向かいにあるビジネスホテルの一階から、筒見と川辺が現れた。

「朝の九時半に入ったきり、出てこねえよ」

自宅から行確している川辺が面倒そうに口にした。

「北浦の勤務状況はいかがですか?」

村上が興味深げに訊く。

「ここに来るまでは池袋店に勤めていた。勤続八年の正社員だぜ。ちょっと店を覗いてきたが、棚にヴィトンのバッグとオメガなんかの腕時計が陳列されている。応接用の机と椅子がひとつと観葉植物が一本あるだけのあっさりした店だ。まあ、ブランドものの買取だから、泥棒のほうとの実益を兼ねてるな」

「目が肥えているからこそ、高額の品を自分のものにしたいんじゃないですか」

村上が推測を口にする。

「どうだい、オジョウ、そろそろ引っ張ってみちゃあ」

川辺が下卑た調子で言う。

「まだ証拠がそろっていないじゃないですか」

「被害者の人定はきっちりできてるし、犯行は明らかなんだからさ。一晩みっちり取調室で叩けば、案外簡単に落ちるぜ」

「だめです。まだ確実な証拠が手に入っていないから」

川辺は呆れたような顔で筒見の肩を叩き、その場を離れていった。

「このままだと、犯行が続いちゃうかもですよ」筒見がおどけて言う。「まあ、ホストがカモにされるだけですけど」

「昏酔強盗なのよ。悪質でしょ」

「あっ、すみません」

「これからも行確お願いね」

「承知しました」

「できれば現行犯逮捕して」

「や、それは……」

筒見も川辺のあとを追うようにいなくなった。

引き続き、ビジネスホテルの一階ラウンジで、張り込んだ。五時半を過ぎて、仕事帰りの女性たちが二階の店に上がっていくようになった。買取センターは、駅近くの至便な場所にあるのが普通だが、そこそこに繁盛しているようだ。

午後八時十分、シャネルらしいハンドバッグを手にかけた北浦が下りてきた。白のブラウスにキャメルのカーディガン、足首まであるサテン素材のロングスカート。ホストクラブに行くには、少し地味目だ。歌舞伎町方面に向かったので、古城と村上は距離を取ってそのあとについた。

奇妙なことに、北浦はすぐ路地を右に曲がった。地下鉄の東新宿駅方向へ近道でもするのだろうか。西武新宿駅まで、歩けば十五分ほど。大江戸線を使い新宿西口で下りて乗り換えるにしても、それ以上の時間がかかる。村上を先行させ、時間をおいて古城も路地に入った。

路地は五十メートルほど行ったところで、細くなり、右へ曲がっていた。北浦の姿が、すっと闇に消えた。急ぎ足で、村上との距離を縮める。ツタで覆われたゴミ屋敷のようなところを通り過ぎる。道はさらに狭くなり、建て込んだ家々のあいだを道がジグザグに走っていた。道幅はせいぜい自転車が通れるほど。街路灯もなく、洞窟の中を歩くような気分だった。進むと道はくの字型に左へ曲がり、その正面に、二階建ての古いアパートが淡い街路灯の明かりに照らされて、ひっそりと立っていた。北浦がアパートの窓の見えるあたりに佇み、じっとアパートの様子を窺っている。二分ほどそうしていた。やがてその場を離れて、歩きだした。

すぐ先にある通りに出ると、左手に曲がった。

古城は気になって、村上とともにアパートの様子を見た。茶色い壁に小さな住居表示板が貼りつけられている。寿荘とあった。鉄の階段が二階へ通じ、その階段の下に六つの郵便受けと同じ数のガスメーターが取り付けられていた。奥行きのないマッチ箱を立てたような造りで、六戸はすべて四畳半の部屋だろう。二階の部屋の庇に洗濯ハンガーがかかっていて、人が住んでいる様子が窺える。

古城は急ぎ足で尾行に戻った。すぐ北浦に追いついた。路地の突き当たりにある戸建ての家を北浦は左に取った。そしてすぐ文化センター通りに出た。やはり東新宿駅に向かうようだった。追いついてきた村上が耳元でささやく。

「さっきのアパートの名前で思い出しました」

「何？」

北浦を視界に収めながら、訊いた。

「たしか、あの宮田勇介の住んでいたアパートだったと思います」

「プラカードのご両親の？」

「はい。ご両親はまだ、勇介さんの部屋を借り続けているって係長から聞きましたけど」

五年前に失踪した男の住まいに、北浦は用事でもあったのだろうか。それとも、たまたま職場に近くて、通りすぎただけなのか。しかし、北浦はあのアパートをしばらく眺めていた。何か関わりでもあるのか。

北浦は明治通りを渡り、歌舞伎町を通って西武新宿駅に着いた。かなり、大回りしたことになる。沼袋の自宅まで追い込みをかけ、その足で署に戻った。下妻係長にアパートの一件について話した。下妻は腕を組んで、じっと考えはじめた。

3

翌日。

午後五時。張り込みを終えた川辺とともに、区役所通りに足を向けた。最近、焼き肉屋の激戦区となった通りには、五十メートルに一軒の割合で、焼き肉店が軒を連ねている。マンションとホテルにはさまれた、細長い雑居ビルの一階に、焼き肉とホルモンを謳い文句にした和風の焼き肉屋が開店時間を控えて扉を開き、仕込みに余念がないようだった。まだ暖簾が下ろされていない店内に入ると、黒シャツ姿の従業員たちがきびきびとボックス席のアルコール消毒をしていた。そのうちのひとりに、「原田《はらだ》さんはいらっしゃいますか？」と古城は声をかけた。カウンター席の内側にいる四十過ぎと見える太った男が出てきて、入り口近くのボックス席に案内された。宮田勇介の名前を出すと、すぐに原田はピンときたように、両腕をテーブルにのせた。

「ご両親がプラカードをもってあちこちにいますよね？」

と訊いてくる。

「そのようです」川辺が答えた。「きょうは新宿駅東口の改札前にいらっしゃいました」

「そうですか、まだあきらめがつかないんですね」

「と思いますね」

川辺がうなずく。五年前に、下妻とともに宮田勇介の失踪について、少しばかりの捜査をしたのだ。そのとき、原田にも会っているはずだった。

「原田さんはこちらにお長いですね」

「ここに出店して、もう六年になりますね。新宿三丁目にある店に一年ほどいて、去年、こっちの店長をまかされました」

「オーナーは大阪の方だったですよね？」

「ええ、心斎橋のほうに本店があります。ホルモン焼きからスタートして、いまじゃ従業員は百五十人を超えてますよ。大阪と東京で十軒展開してます」

「大したものだ」

「そう思いますね」

「宮田勇介さんもこのお店で働いていらっしゃったんですね」

古城は忙しげに動く黒シャツを見て訊いた。

「そうでした。僕が入った少しあとに、アルバイトするようになりました。アルバイトもこの手の仕事もはじめてで、最初はかなり戸惑ってましたね。でも根っからの働き者だったから、不平も漏らさず一生懸命働いて、ほかの人間からも好かれていました。それがいきなり、いなくなって……」

原田はがっしりした両手を握りしめた。

「当時も伺ったのですが、店に出てこなくなったのは、たしかちょうどいまごろでしたね？」

川辺が訊く。

「だったですね。暑さが落ち着いて、いい陽気になった頃だった。いきなり店に出てこなくなったので、みんなで心配していたんですが……いまだに？」

「残念ながら。あらためて訊くのも何ですが、当時、お悩みだったり、様子がおかしかったようなことはなかったですかね？」

「それがまったくないんですよ」原田はしきりと鼻をつまむ。「通っていた専門学校の話や将来の夢なんかをときどき洩らす程度で。添乗員になって、あちこち旅したいとよく言ってました。アパートにも何度か行きましたよ。この近くにあって」

「つきあっていた女性はいらっしゃいましたか？」

古城が訊いた。

「そっちの話は皆目」

原田が手を振る。

古城は隠し撮りした北浦の写真を見せた。

「勇介さんと一緒に、この女性がいたようなところを見たことはないですか？」

原田は写真を一瞥しただけで、手を振った。

「いや、勇介、女っ気はなかったですよ。携帯で女の子と話したり、メールするようなの見たことがないし」

「そうですか」

やはり、北浦芳美と宮田勇介は関係がないのだろう。勇介が住んでいたアパートの前をたまたま北浦が通りかかり、その古くさい造りに目を引かれて立ち止まったのだ。

店を出ると、すっかりあたりは暗くなっていた。花道通りに足を向ける。

「ところで、川辺さん、医大病院理事長射殺事件の捜査は進んでいるんですか？」

古城は気にかかっていたことを川辺に訊いた。事件発生時、川辺は特別捜査本部へ応援に駆り出されていたのだ。

「特本《とくほん》、あまり熱が入っていないみたいだな」

「担当管理官の若林《わかばやし》さん、評判が悪いですね」

「来年定年だし、天下り活動にご執心みたいだぜ」

「それって、捜査に関係しているんですか？」

「さあ。医大病院も、やっと、理事長の後継者が就任したらしいけどさ。こっちも事件捜査に及び腰みたいだぜ。警視庁ＯＢがふたり、院内警察で雇われていたんだけど、この六月にクビになったみたいだし」

「変ですね」

病院内トラブルの処理に当たらせるため、ほとんどの大病院が警察のＯＢを再就職させているのだ。ことに捜査一課担当の刑事が重用されている。

「少し前、下妻係長が医大で医療過誤が起きていると言ってましたけど、何か関係しているんでしょうか？」

「さあ、それはどうかな。いずれにしろ、使われた銃の目星はついてるみたいだけどさ」

「そうなんですか」

「現場に薬莢が落ちていた。７・６ミリだ」

「そうなると、トカレフ?」

「おそらくね。銀ダラあたりに間違いないと本部は踏んでるよ」

暴力団関係者が使う中国製の真正拳銃だ。

「じゃ、やっぱり暴力団がらみ?」

「それがさ、撃たれた理事長なんだけど、清廉潔白、まじめを絵に描いたような人物だろ。接点がなくて、捜査はまったく進んでないみたいだ。ただ、病院じゃここ数年、奇妙な不審死がちょくちょく起きているみたいでさ」

「あれくらいの病院なら、そんな話はいくらでも転がっているような気がしますけど」

歌舞伎町の真ん中、さくら通りとぶつかる角にあるバービルから、チノパン姿の下妻が女性に腕を取られて現れた。そのまま、ふたりして仲むつまじくラブホテル街のほうへ歩いていった。一瞬のことで、古城も川辺も声をかけることができなかった。

「いまの見ました?」

「見た」

女性のほうは五十過ぎくらい。どことなく見覚えがあるような気がする。

「いまの女、たしか……」

そこまで言って、川辺は言葉を濁し、下妻が出てきたバービルに掲げられた看板の一点をじっと見つめる。

「……レイか」二階に入居しているクラブの名を川辺が口にした。「二十年前、おれが刑事に成り立てで新宿署に配属された年、歌舞伎町のクラブで銃撃事件があって中国人が射殺された。聞いたことあるだろ？」

「あります。歌舞伎町浄化作戦がはじまる前ですね」

三人の中国人が押し入って発砲し、日本人の雇われ店長が巻き込まれて死亡した事件だ。犯人のうち、ふたりは中国で捕まり代理処罰を受けたが、残るひとりは依然として逃亡中のはずだ。いまでも新宿署員のあいだで、熱を帯びて語られている。

「事件の舞台になったのが、あのレイだよ」

古城は絶句した。

「名前もそのまま？」

「変わってないみたいだな。オーナーの中国人も同じだって聞いてる」

「ひょっとして、下妻係長はレイを訪れていたんですか？」

「かもな。連れの女は、レイのホステスか何かじゃねえかな」

「でも、どうして？」

「レイには事件当時、下妻係長の奥さんになった幸江さんが勤めていてさ。それもあって、続いてるのかもな。係長も隅におけねえ」

「二十年前なのに……」

「歌舞伎町じゃ、中国残留孤児二世の怒羅権《ドラゴン》の連中がのさばりだしていた。中国人も福建省や黒竜江省、上海出身の連中がマフィア化して、悪事を働き放題だった。このふたつが日本の暴力団と三つどもえになって抗争を繰り返していた矢先の事件だったよ」

「当時はまだ、組織犯罪対策部もなかった時代ですね」

「マル暴が刑事部の四課と呼ばれていた時代さ。犯人の三人は、日本人もしくはアジア系外国人としかわからなくてな。店長は、右脇腹と右側頭部に銃弾を受けて即死だ。事件が起きた晩、新宿署の講堂に、うちら刑事課と本部の捜査一課、四課、それから国際捜査課と公安部の幹部連中がずらっとそろってさ。互いの面子をかけて怒鳴り合いよ。そりゃ、すごかった」

「目撃証言はなかったんですか？」

「体格も似たり寄ったりで、黒い服を着ていたくらいしかなかった。けっきょく、歌舞伎町の外国人社会に食い込んでた国際捜査課が担当することになったけどな。日本の暴力団と中国人マフィアが覚醒剤のシノギをめぐっての諍いが元になった事件として決着したよ」

「そのとき下妻係長も捜査に携わっていたんですか？」

「新宿署刑事課の一員として張り切っていたよ。事件からひと月くらいしてからかな。『フクオカ』っていうあだ名の中国人ヒットマンが浮上してきてさ」

「聞いたことありますよ、それ。人民解放軍出身で変装が得意。女にだって化けられるとか」

「そのネタをつかんできたのがほかでもないうちの係長さ」

下妻係長は当時から事件に深入りしていたようだった。

川辺は目を細め、ネオンに照らされて、ラブホテル街の暗がりに消えていくふたりの姿をじっと見つめていた。

4

だだっ広い事務所には、管理職席に頭の薄くなった高齢男性が座っているだけで閑散としていた。古城と村上は、入り口脇にある事務机に案内されて、腰を下ろした。こちらの会社とは関係のない用事で来ましたと告げると、男性は席に戻っていった。総ガラス張りの窓から、こちら向きに駐機している大型旅客機がコンテナとつながり、荷物を下ろす作業が行われていた。

ヘルメットをかぶった三十がらみの男が入室してきて、ふたりの前に座った。柳沢《やなぎさわ》ですと自己紹介し、かぶっていたヘルメットを横に置き、古城から渡された名刺に見入った。がっしりした肩と日焼けした顔が事務所と不釣り合いだった。

「新宿署の方ですか」柳沢は落ち着いた様子で口にした。「勇介のことですね？」

「そうです。お忙しいところ、急に申し訳ありません」

「いえ、もうじき、仕事が終わりますから。勇介のことならなんでも仰ってください」

「ありがとうございます。よろしくお願いします。こちらはお長いんですか？」

「まる二年になります。この前は新橋の事務所にいたんですが、現場希望で配属になりました」

ここは羽田空港第二国際貨物ビル二階にある物流会社の事務所だ。

「専門学校を卒業されて、こちらの会社に就職されたわけですね？」

村上が訊いた。

「はい、六年目になります」

きびきび答えてくれるので、気持ちが良い。

「専門学校では、宮田勇介さんと同じ学科でいらっしゃったと思いますが、学校での勇介さんはどんな感じでしたか？」

古城が訊いた。

「一日もサボらないで、まじめだった印象が強いです。外国語の授業やテストでよく助けてもらいました」

「外国語が得意だったみたいですね」

「英語なんか、ぺらぺらでしたよ。クラスでも一、二を争うくらいでした」

「柳沢さん以外にも、つきあいのあったご友人も多かったと思いますがいかがですか？」

「わけへだてなくという感じだったかな。優男だったので女子にももてましたよ。バイトも熱心だったんで、忙しかったですね。たまの休みに、五反田の安酒場にふたりで飲みに行くぐらいでした。……やっぱり、いまでも見つかっていないんですね？」

「残念ですが」

柳沢は窓の外に視線を移した。

「コロナ禍じゃなけりゃ、いまごろ、この空港から観光客を連れて海外へ飛び出していたはずなのに」

口惜しそうに言う。

「勇介さんのご両親とお会いになったことはありますか？」

「一度、熊谷の実家を訪ねたときに会いました」

行方不明の勇介のために、連日プラカードを持って新宿駅付近に立っていることを話すと、柳沢はひどく驚いた。

「やっぱり、お父さんもお母さんも諦めがつかないんですね」

「そう思います」

「ところで、専門学校時代、勇介さんは何か困りごとを抱えていたり、トラブルに巻き込まれたりしたようなことはありませんでしたか？」

「前にも警察の方から訊かれましたが、まったく覚えがないです。お互い貧乏だったけど、金や女に執着するようなことはありませんでした。そんなことしてる時間なんてなかったし」

「勇介さんのアパートを訪ねたことは？」

村上が口をはさんだ。

「何度もあります。テレビもなくて、勇介は携帯のラジオと音楽だけ聞いていましたね。いつもコンロで鍋物を作ってふたりで突きました。安い白菜とか豚の細切れだけの。焼酎を水で割って飲むのが楽しみでした」

古アパートで舌鼓を打つふたりの姿が目に浮かんだ。

「家財道具なんかも、多くはなかったですか？」

「ないですね。本棚や机もないし。布団と卓袱台があるだけでした。そういえば、つい最近思い出したんですけど……」

柳沢は天井に目を当てた。

「何ですか？」

「たいしたことないんですけど、あれはクリスマスが終わった晩だったかな。部屋の隅に、教科書を積み重ねていたんですけど、その上にネックレスがあったんですよ」

「ネックレスですか？」

「ええ、どうしたんだって訊いたら、同郷の友人からもらったとか言ってました」

「どんな形でしたか？」

「シルバーの太い鎖のような」

「それを勇介さんは使っていらした？」

「ないない、なかったですよ」

「その同郷のご友人の方は、熊谷ご出身?」

「と思いますよ。アパレル関係に勤めていてホストになったとか、勇介が言っていたような記憶があります」

「そのホストの方の名前や勤務先を覚えていらっしゃいます?」

「それ以上聞かなかったのでわからないですけど」

ほかにも、勇介の人となりなどを訊いて、車で事務所をあとにした。

空港のエリアに入るときは、身分証の提示を求められたが、出るときはなかった。五時過ぎに署に戻り、下妻に聞き込みの結果を報告した。

「ネックレスねぇ」下妻は意外そうに言った。「それ、どうしたんだって?」

「柳沢さんも、一度見たきりで、わからないそうです」

「ふーん。シルバーの鎖のネックレスか。ホストがつけるにしちゃ、ちょっとごつすぎるな」

「そう思います」

「そろそろ話を聞く頃合いか」

おもむろに言うと下妻は席から立ち上がった。ついてくるように促され、署をあとにした。

新宿大ガードから新宿駅西口へ歩いた。宵の口のネオンが瞬いていた。

「係長、訊いてもいいですか?」

「何よ、あらたまって」

古城は一昨日、歌舞伎町のクラブ、レイの前で、下妻が女性とともに歩いているのを見かけたことを話した。

「ああ、あれね。彼女とはホテルにしけこんだよ」

軽く口にしながら、人混みの中を駅東口へ回る。

あっさりと認めたので、これ以上プライベートに立ち入ってもよくないかと思い、それ以上話すのはやめた。

「オジョウ、一昨日の女性、気がつかなかった？」

「中国人の方じゃないですか？」

「うん、そう。上海姥姥で働く小華の母の楊春鈴。しばらくぶりに会って、積もる話もあったんで、二時間近くじっくり話を聞いたよ」

そういうことだったのか。ラブホテルを使ったとしても、誰憚《はばか》ることなく話せるだろう。

「係長の奥さんもレイに勤めていらしたと川辺さんから聞きました」

下妻は顔をしかめた。

「川ちゃん、余計なことを……そうだ。働いていた」

「なくなった奥さんは北海道ご出身と伺っていますけど」

「新得っていう田舎町の出だよ。自衛隊勤務だった父親のＤＶ受けて育った」

古城ははっとした。これ以上は聞いてはいけないと思い、口をつぐんだ。

「射殺事件についても聞いたか？」

「はい」

「当時、マル暴担当の捜査四課は知り合いの暴力団にネタを流すし、国際捜査課は同じように外国人に情報を与えていた。警察の動きなんて相手方にダダ洩れだった。情報が錯綜して、ホシの目星が立たなかった。レイに勤めていた中国人ホステスも、脅されて黙秘していたけど、その仲間のひとりの日本人が、こっそり中国人マフィアたちの仕業だって囁いてくれた。中国人は、同じ中国人を襲うから嫌っているとかさ」

「それが……幸江さん……」

「想像にまかせるよ」

それにしても、二十年前の事件について、楊春鈴から話を聞く理由はどこにあるのだろう。

小田急線の改札前で、プラカードを持ってチラシを配っているふたりを見つけた。宮田勇介の両親だ。

「こんちはー」

気安く下妻は挨拶し、ふたりを人気の少ない壁際に誘った。古城と村上を紹介し、

「情報はありますか？」と労るようにふたりに声をかけた。

父親の康夫《やすお》は力なく首を横に振り、妻の道代《みちよ》もうなだれるだけだった。

「ひとつだけ確認したいことがあるんですよ」下妻が問いかける。「勇介さんの熊谷時代の友人で、ホストになった方ってご存じないですか?」

「ホストですか……」

康夫は首をひねり、道代を振り返った。どちらからも反応がない。

「いえ、たいしたことではないんです。それじゃ、失礼します」

ふたりから離れようとしたとき、康夫が手を伸ばして引き留めた。

「同級生のホストは知らないですけど、一週間くらいまえでしたか、アルタ前にいたとき、それらしい人から声をかけられました」

「ホストの男性から?」

「はい」

「何か言われました?」

「特には」

康夫は困惑した顔で道代を見た。

「ライターみたいなものを寄こしたよな」

「あ、はい」

道代は思い出したように、肩に提げたショルダーバッグからそれを取り出して見せた。ホストがよく使う自分の写真入りのオリジナルライターだ。茶髪の男の上半身と源氏名が入っている。

エルフ　一樹（kazuki）

受け取ったとき、下妻のスマホが震えた。短い通話のあと、宮田夫婦に別れを告げて、さっさと歩き出した。古城もそのあとについた。

「宮田勇介のアパートが全焼した」

急ぎ足で歌舞伎町を突っ切り、明治通りを渡ってアパートのある路地に入った。奥の方で、白い煙がうっすらたなびいている。狭い路地を急いだ。アパート前は野次馬と消防士たちでごった返していた。鎮火しているが、まだ残った骨組みがくすぶって、きな臭いにおいがたちこめている。あたりは水浸しだ。

「火事に巻き込まれた人は？」

と下妻が身分を明かし、前にいる消防士に声をかけた。

「六戸とも人はいなかったです」

「人がいない？」

「はい、たったいま確認が取れました」

「火はどのあたりから出たんですか？」

「検証しないとわかりません」

そう言い、消防士は忙しげに離れていった。

「係長、これって何か……」

思わず古城は声をかけた。

「いくら古くても、そう簡単に火の手は上がるもんじゃない」

ぴしゃりと下妻は言った。

そわそわしてきた。失踪した男の住んでいたアパートが火事で燃えた。男の部屋は引き続き、親が借りているのだ。息子が戻ってきたときのために。放火されたとしたら……つい先日、アパートを見ていた北浦の姿がよみがえる。まさかと思った。近くに勤務場所があるだけだ。火事と北浦を結びつける要素などないではないか。

下妻に腕を取られ、そこを離れた。村上も後に続く。細い路地を戻った。建て込んだ民家のあいだの狭い暗がりに引き入れられた。何をしたいのか、わからなかった。じっと路地を覗き込む下妻の体には緊張感がみなぎっていた。

五分ほどそうしていると、いきなり下妻が動いた。路地に進み出て、寿荘に向かって歩き出す。アパートはすっかり鎮火して、あちこちに水溜まりができている。

少し離れたところに立ち止まって、じっと焼け落ちたあたりを見ている細身の男がいた。ストライプスーツに黒ズボン。

「ちょっといいですか?」

下妻が声をかけると、男が振り向いた。マスクはしていない。

思わず古城は声を上げそうになった。

オリジナルライターに印刷されていた男ではないか。長く伸ばした茶髪を額で分け、きれいにカットした眉の下の目が暗く輝いていた。

「一樹さんですよね？」

下妻の呼びかけに、男は一瞬、びくっとなった。

「こちらに何かご用でも？」

身分も告げないで訊く下妻を、男はあっけにとられたように見つめる。

「……ちょっと火事って聞いたので」

「ニュースか何かで？」

「ええ」

男は神経質そうにとがったアゴに手を伸ばす。

「この焼けたアパート、あなたの同級生が住んでいました？」

さらに男は驚いた様子で、一歩退いた。

「大丈夫、大丈夫」下妻はあわてて警察手帳をかざした。「ついさっき、勇介さんの親御さんと会ってきたばかりだから」

勇介の名前を出すと、男はしばらく視線を泳がせ、疑い深そうに口にする。

「あのライター？」

下妻が勇介の両親から預かったライターを見せると、ようやく腑に落ちたように肩の力を抜いた。古城は下妻の慧眼を思った。この男が現れるのを予感して待っていたのだ。

「やっぱりきみも勇介くんのことが気になっていたんだね？」

「まあ」

強ばった表情は消えない。

「勇介さんと同じ熊谷のご出身だと思うけど、名前を聞いていいかな」

「橋本明彦《はしもとあきひこ》」

「ありがとう橋本くん。それでさ、きみが最後に勇介くんと会ったのはいつになる？」

「五年前の夏ですが」

「正確に覚えていない？」

「勇介が夏休みで、たしか、お盆明けだったと思います。ケンタッキーでランチを食べました」

「ときどき、連絡を取り合って会っていた？」

「そこまでは……バイトで働いていた店が近くて、ふらっと店に来たりして、それで」

「バイト先の服を着て、ホストクラブに来れるの？」

「こっちがひまなら、平気ですよ。勇介の店にもよく知り合い連れて行ったし」

「高校時代は仲がよかった？」

「ハンドボール部で三年間一緒でした。勇介のうちにもよく遊びに行きました」

両親も当時は橋本を知っていただろうが、容貌が変わってしまって、勇介の友人だったとは気づかなかったのだろう。

「この五年間、勇介くんから連絡はあった?」

「いえ、ひとつも」

「五年前、勇介くんのことを僕も必死で探したんだけどね。八方手を尽くして、いろんな人に会って話を聞いた。歌舞伎町の主だった人らにも声をかけた。あちこちから照会があったんだけど、きみ、名乗り出てくれなかったのかな?」

「すみません、つい」

「ひとつ訊いていいかな。この人知ってる?」

下妻が北浦芳美の写真を差し出すと、橋本の顔にさっと緊張の色が走った。

「どう?」

さらに下妻が問いかけると、橋本は観念したようにうなずいた。

「もしかしたら、この女性、あなたのお店に来ていたお客さん?」

口を出した古城の顔をじっと橋本は見つめた。否定しないところをみると当たっているようだった。

5

「きょうもいろいろ伺いますからね」

古城が声をかけると、北浦芳美はふっと息を吐いて横を向いた。

寿荘が燃えてから一週間。放火容疑で北浦が逮捕されて丸二日が経っていた。風呂に入れないせいか、長髪はかさかさに乾いて、ところどころ跳ね上がっていた。化粧をしていない素顔は、目のまわりのシミが目立つ。

「引き続き、十月二十一日午後五時以降の所在について話してもらいます。昨日はまだ会社にいたとあなたは言いましたが、事実ですか？」

「いましたよ、そんな時間に帰るわけないでしょ」

「いつもは何時に帰宅しますか？」

「午後八時くらい」

不機嫌そうに言う。

取り調べの相方の下妻が、苦笑いを浮かべた。

「それでは、九月四日の夜はどちらにいましたか？」

この日も新宿署管内の新大久保で小火があったのだ。

「土曜だし、家にいました」ふてくされた調子で続ける。「一歩も出ていません」

「そうですか」

ほかの四件も同じように否認している。もう、十分だろうと思った。

古城はタブレットを操作して、その映像を再生させた。十月二十一日、寿荘が燃えた日、近くの路地の防犯カメラが通行人を撮影したものだ。

自転車が通過していったあと、長髪で黒いコートを着た女が歩いてきた。画面を静止させて、北浦に見せた。この撮影ポイントを過ぎて五十メートルほど行けば寿荘だ。

「これ、あなたよね？」

一瞥したきり、何も言わず北浦は顔をそむけた。

「違うなら違うと言ってくれないと」

古城がもう一度言うと、しぶしぶ北浦は口を開いた。

「わたしかもしれないけど、家に帰る道だから」

「通勤で使っている西武新宿駅に行くには、ずいぶん遠回りになるルートだけどね」

「どこを通ったって、わたしの勝手じゃない」

弁護士の助言を忠実に守っているようだ。まだまだ序の口だと古城は気持ちを引き締めた。

「あなたの趣味について話してください。ホストクラブに通っているようですが間違いないですね？」

「まあ、ときどき」

「かなり、お金を使ってらっしゃるわね」

十日前、歌舞伎町のホストクラブで支払った領収書の写しを見せた。金十五万四千円也。宛名は北浦芳美。

さすがに、驚きの表情を見せたが、すぐ元に戻った。

「ここ二ヶ月ほど、この店のナンバー3のホスト目当てで通っていますね」

北浦は体を横向きにして、吐き捨てるように、

「好きだから行ってるんでしょ。どこか悪いわけ」

と逆ギレした。

「事実を伺っているだけです。興奮しないでください」

「だいたい火事とホストって、どう関係しているのよ」

「このふた月、新宿署管内では五件の小火が起きていますが、そのうちの三件について、発生現場近くであなたの姿が防犯カメラに写っていますよ」

「わたしだって、あちこち用事があって動くから」

どこまでもシラを切るつもりのようだ。

下妻は黙ってノートパソコンに供述を打ち込んでいる。

「ホスト遊びをするのは自由だけど、金がかかるわよね。ちょっと調べてみたけど、ふた月で百万くらい使ってるみたいね。どこからそんなお金が出るわけ？」

「それくらい何とかなるわよ」

ふてくされたように言う。

「参考までに聞かせてほしいけど、これまで何人くらいのホストとつきあってきたのかしら？」

「それと火事がどう関係しているの？　人の勝手でしょ」

「だから参考までに。五人？　十人？」

北浦はやってられないというふうに首を横に振り、

「そんなことあなたに答える筋合いはないわ」

ぴしゃりと言う。

「エルフの一樹とはどれくらいつきあった？」

一瞬、北浦の目が点になった。

即座に思い浮かばないようだったが、やがて首を伸ばすように背筋をそらした。

「誰それ？」

古城は、一樹こと橋本明彦のオリジナルライターを机に置いた。

「彼と会ってきた。五年ほど前だけど、あなた彼の家にも泊まったりして、深いつきあいをしていたよね？」

「えっ」

言うなり、黙り込んだ。

言い逃れできないようだった。

「彼以外にも、確認が取れているだけで、四人のホストと深い仲になったみたいですね。ひょっとしたら、彼らからお金を引いた？」

北浦は目を白黒させ、

「何言ってるの、何が言いたいわけ」

と鼻白《はなじろ》んだ。

「彼らからも供述を取ってあります。睡眠薬入りの酒を飲ませて、自宅の鍵を盗んだり合い鍵を作ったりして、お金や貴重品類も盗んでいった。成功するたび別のホストに乗り換えるのがあなたの手口」

北浦の手に力がこもった。

「そんないい加減な連中の言うことなんか、あてにならない」

「いいから聞いて。証拠を残さないように、あなたホストを替えるごとに携帯を替えたり、泊まったホストの家の自分の指紋を拭き取っていった。残念なことに一ヶ所だけあなたの指紋が残っていた。犯行、認める？」

「あなた何を言いたいわけ？　人の家に火をつけたとか、ホストの金を盗んだとか。わけわかんない」

「話はこれから。しばらく我慢しなさい」

古城が言うと、不遜な顔つきで睨み返した。

古城はあらためて、焼け落ちた寿荘の写真を北浦の前に滑らせた。

「ここの二階の二〇一号室にすんでいた人を知ってるよね？」

ぷいと北浦は顔をそむける。自然を装っているが、内心驚いた様子が窺える。

「エルフの一樹の親友。知ってるよね？」

北浦は黙りこくったまま、聞き耳を立てている。

「宮田勇介」

わずかに北浦の体が動いた。

「宮田勇介くんのご両親が五年ぶりに現れて、行方不明になった息子さんの情報を求めだした。おふたりを見て、あなたびっくりしたよね。ご両親は彼が住んでいたアパートの部屋をいまも借りていることを通行人に訴えていたから。同情が集まって、自分の悪事も露わになってしまうかもしれないと。宮田勇介が住んでいたアパートには、当時、あなたとの接点になるものが残っていて、自分の犯した犯罪の足がつくかもしれないと恐れた。それをなくすためには放火しかないと思い込んで、あちこちで連続放火を偽装した。そして、とうとう最後に寿荘に火を放った」

「だから、そんな人知らないってば」

北浦が吐き捨てるように言った。

「彼があなたを監視していたのに気づいていた？」

「監視？」

北浦が目を剝いた。

「あなたの被害に遭った橋本明彦の話を聞いて、宮田勇介は一肌脱いだのよ。彼、橋本くんからあなたの写真や通いだしたホストクラブを教えてもらった。ある晩、こっそりあなたのあとをつけて沼袋の自宅を見つけた。翌朝、橋本くんに代わって、盗られた金や大事なものを寄こせと言った。警察に突き出すようなこともほのめかして。あなたは承知して、その晩、宮田くんと沼袋駅前のコンビニでもう一度会った。そのあと、どうした？」

北浦の視線が宙をさまよった。

「コンビニのすぐ南側を流れている妙正寺川《みようしようじ》の側道を彼と歩いた」古城が続ける。「夜になるとまったく人気がなくなる。おまけに前の晩から大雨が降って、川の水かさが増していた。話し込んでいた彼が低いフェンスにもたれかかったとき、彼を突き落とした」

北浦の大きく見開かれた目に血筋が走った。

「ど、どうしてそいつが一樹に代わって、そんなこと」

半分認めたような発言に、古城はしめたと思った。

「あなた、当時橋本くんがマリファナに手を出していたのを知ってるよね」

だから、被害を受けても警察に届け出ることができなかった。

北浦は息がつまったように、咳き込んだ。

「わたし、突き落としてなんか……」

それから先の言葉が出ない。

「すぐ近くに、川の水位をモニターするカメラが設置されているのよ」

北浦は、ごくりと唾を飲み込んだ。

実際にはその場面は写ってないし、記録も残されていない。川に転落したかどうかも定かではなく、溺死体も当時は見つかっていない。しかし、そのまま下流へ流れて東京湾まで運ばれ、そこで沈んでしまった可能性が高かった。

下妻がちらっとこちらを振り返った。

ここは押すところだと古城は思った。

「じつはあなたの家の家宅捜索で、こんなものが見つかりました」

古城は封筒からビニール袋を取り出した。中に腕時計が収まっている。それを北浦の前に滑らせた。

「これは誰のもの？」

北浦は言葉を失ったように、ただじっと見つめるだけだった。

「オメガのエクスプローラー」そう言って、古城は腕時計の裏面を見せ、そこに刻印された数字を指さした。「このシリアル番号、橋本明彦くんが買ったものと一致する」

中古市場でも百五十万近い値がつく高級腕時計だ。それを知っていて、しっかり自宅に保管していたのだ。

北浦の息が上がっていた。朱の差した頬が少しずつふくらんだ。

「すべて話してくれない？」

そう促すと、北浦は小さくうなずいた。観念した表情で、五年前の晩、宮田勇介と会ったときの会話をぽつぽつと喋りだした。

潜熱

1

宵の口を迎え、歌舞伎町を南北に貫くセントラルロードは、かなりの人出だった。十二月一日。コートを着込んだ若い男女が、トー横に向かっている。瞬くネオンにもまして、ＬＥＤの街路灯が目に痛い。

「コロナも落ち着いて、客足が伸びてますね」

古城は並んで歩く下妻に声をかけた。

「年末年始で人出が増えて、ぶり返さないといいけど」

「ですね」

被疑者は全員コロナに罹患しているという前提で、引致や取り調べを行わなければならず、大変な手間なのだ。

カラオケビルの前で、四、五人の黒ずくめの男たちが丸くなって立ち話をしていた。

客引きの相談をしているらしく、その中を割って入ると、男たちはさっと散っていった。

下妻が歩道と車道の際にある車止めに足をかけて立っている若い男に歩み寄った。パーカーのフードをすっぽり頭からかぶり、黒マスクのせいで顔がわからない。

「はると、元気か？」

気安く声をかけて、男の肩をぽんと叩く。

はると……ホストクラブ、コロニーのナンバー1ホストの遥斗？

つり上がった目で下妻を睨むと、男はかすかにうなずいた。

「いつ退院した？」

「先月ですよ」

下妻とは顔を合わせないで答える。

二ヶ月前、自分の元同棲相手の恨みを買って、暴力団員に暴行され、病院のベッドで生死をさまよったホストだ。

「死ぬか生きるかの大怪我だったのに、もう仕事か？」

「休んでばっか、いられないすよ」

「そうか。気を抜いたらナンバー1の座を奪われるしな」

「もうとっくに陥落っすよ」

「いまでも同じ店にいるんだろ？」

「決まってるじゃないですか」

「社長は元気か？」

「まあ」

「ほどほどにな」

もう一度肩に手を置き、離れようとしたとき、ふと思いついたように下妻は、

「おまえのいた病院、居心地よかったか？」

「はあ、まあ」

「飯や看護師はどうだった？」

「病院だから、飯なんて期待してませんよ」

「看護師は親切だったか？」

「まあまあっすかね」

事件ではなく、病院について訊かれるので、遥斗の目に困惑した影が差した。二ヶ月近く遥斗が入院した新宿医科大付属病院は、安田理事長射殺事件が発生した場所だが、入院患者にあれこれ訊いても仕方がないだろうに。

「怪我が怪我だったし、ずっと同じ看護師がついたんだろ？」

「最初のは二週間もしないうちに代わっちゃって。新しいのもすぐ、ほかの人になったし。そのたび、病状の説明をしないといけなくて、くそ面倒」

「それって病院の方針なのか？」

「ぼくの担当、連続して病院を辞めて行っちゃいましたよ」

「おまえが手こずらせたんだろ」

「違いますって。あの病院、この二ヶ月で看護師がどんどん辞めていって、人集めに四苦八苦してますよ」

「ほー、初耳だな。待遇悪いのか?」

「そんなこと知りませんよ。ただ……」

遥斗はそれから先を言い淀んだ。

「何だよ」

「理事長は不在のままだし、よく看護師同士の雑談で、嫌気がさしたとか、そんなことを耳にしましたけどね」

射殺された安田理事長は、この四月に就任したばかりだ。その半年後に亡くなるなど、本人は夢にも思わなかったに違いない。

「嫌気……思い当たる節はあるか?」

「医者がハラスメントでもしているような、そんな感じでしたけど」

「看護師に?」

「よくわかりませんけど。じゃ」

遥斗は路地に消えていった。

「彼の話、ほんとだとしたら、いい兆候じゃないですね」

古城は下妻に言った。

「内部に問題を抱えているんだろうな」

新宿医科大付属病院は、都内でも有数の規模を誇る総合病院だ。医師は五百人、看護師はその三倍もいる。それぞれの診療科は、それだけでひとつの専門病院に匹敵する。

「安田理事長射殺事件の特本、今月になって三十名態勢になったみたいですよ」

「知ってる」

「やる気あるのかなぁ。一度、あの病院に勤めていた院内ポリスに話を聞いてみますか？」

様々なトラブルを処理するため、病院は警察官ＯＢを常駐させている。

「おれたちが口出しするのも何だけどな」

遠慮がちな言葉とは裏腹に、下妻の顔は気力に満ちていた。

「ちょっとした捜査支援ですよ」

「オジョウが言うなら、行ってみるか」

2

その警備会社は、秋葉原駅の東側、昭和通りを過ぎた神田和泉町の小さなビルの三階にあった。薄いドアを開けると、カウンターの向こう側にいた初老の男が席を立ち、応接スペースに下妻と古城を誘った。

「どうも、細谷《ほそや》さん、お久しぶりです」

下妻が低姿勢で声をかけ、古城とともにソファに座った。

「高井戸署以来だから、もう十五年になるか」

細谷は白髪がちの髪に手をあてながら言った。地味なブレザーに灰色のスラックス。かつて下妻と同じ署の刑事課で働いていた元警官だ。

「懐かしいですね。のんびりした、いい時代でした。細谷さん、あれからすぐ一課に引っ張られて、ずいぶん苦労なさったでしょ」

「こき使われたよ。一課を卒業して、蔵前署に配属になったときは、天国かと思った」

「でもけっきょく、退職時は一課の管理官でしょ。そうそう遊ばせてはくれませんよ」

「お互い様だな。それできょうは何？」

「新宿医科大学付属病院の院内ポリスに再就職されて、まだ一年も経たないのに、どうしておやめになったのかなって思いましてね」

昨日、古城は付属病院の総務課を訪ねて、院内ポリスの前任者を教えてもらった。それが目の前にいる細谷だ。

「それなんだけどさ」細谷は答えにくそうに唇をゆがめる。「ふたりいたんだけど、両方クビになった。こっちだって、最低三年は勤めるつもりだったのに、当てが外れちゃって。あちこち相談して、どうにかここに拾ってもらった」

「妙ですね。何かご事情でも？」

「わからん、わからん。いきなり明日から来なくていいって言われて、それきりだ」

「あれだけの規模の病院なら、院内ポリスを置かないという法はないと思いますけどね」

「その通りだ。上層部の判断だろうけど、いまでも納得いかん」

「やめさせられた、もうおひとりの方は、やっぱり一課のＯＢですか？」

「そう、おれよりひとつ年上の警部。そっちはまだ再就職口が見つからなくて四苦八苦しているよ」

「あの病院、どんな感じでしたか？」

「医者と看護師の仲が悪いような気がするな」

「院内で、暴力沙汰や窃盗、パワハラ、セクハラなんかの処理でお困りになったことはありましたか？」

「それは日常茶飯だったよ。勤務が終わって夜の呼び出しも、たびたびあったしさ。そのたび、かけつけて事件処理よ」

「看護師はどうですか？　最近、辞める人が多いみたいですが」

「うん、脳神経センターあたりが人手不足らしいよ」

遥斗が入院していたセクションだ。

「そこの医者はどうですか？」

「そこに限らず、全般にバイトが多いぜ」

「バイトですか……で、細谷さんご自身の待遇はどうでしたか？」

「ほかの病院勤務の仲間に聞いてみたけど、給料は二割高かったな。だから痛えのよ」

「残念でした。ところで細谷さん、看護師が辞める理由は、医者のハラスメントが原因だという話がありますが、本当ですか？」

細谷は大きくうなずいた。

「そっちの耳にも入ったか。半年くらい前からかな。医者とトラブったみたくて、看護師や放射線技師なんかが退職している。優秀な人間ほど我慢できないらしくてな」

「トラブルというと？」

「上から目線で、こき使われるせいだと思っていたが、どうも違う。性的な嫌がらせや暴言を吐いたりというのでもなさそうだ。二、三の医師の名前がよく上がるけどな」

「気になりますね。その医師の名前は？」

「白川《しらかわ》という女医の名前がよく出る」

「女性特有のいじめとかでしょうか？」

古城が訊いた。

「そんなふうには見えないが。四十五になる、美人タイプの女医だよ。話を聞きたいなら、辞めた看護師を紹介してもいいぞ」

「助かります」

細谷から名前と連絡先を教えられ、メモを取る。下妻は話題を変えた。

「十月に例の理事長射殺事件があったじゃないですか。あのとき院内はどうでした？」

「上を下への大騒ぎだったけどさ。さすがにヤマがでかすぎて、おれらの出番はなかったよ」細谷は値踏みするように下妻を見た。「どう、ホシは割れてるの？」

「すみません。特本に出入りしていないので」

「事件当初はこっちだって気になって、院内の聞き込みを一通りしたけどさ。殺された安田理事長は就任して半年だったけど、正義感が強くて、まじめ一筋の学者肌だ。浮いた噂ひとつなかったよ。どうだい、特本の若林さんは？」

「あまり、はかばかしくないっていう評判ですけどね。人員も減ってるし」

「減る？　あの凶悪事件で人員増ならわかるけど、その逆っていうのはわからんな……でも」

　ふと細谷は視線を窓に当てた。

「何かあります？」

「あの御仁、一課の特殊犯担当で、医療過誤の専門家として名が通っていたろ。それで今回の特本担当になったと思っていたけどさ、どうも様子が違うみたいだな」

　病院という特殊な施設で起きた事件だけに、捜査指揮を執るには順当な人選だと思っていたが、何か事情があるのだろうか。

　細谷は前のめりになり、小声で囁く。

「御仁、来年が定年で、新宿医科大付属病院に天下りするみたいだよ」

「えっ、まさか」

思わず古城は口にした。

「院内ポリスはとりやめになったんじゃないんですか？」

下妻が問いかける。

「院内ポリスをおかないままではいられないよ。御仁はおれらの倍の給料とか、現役時代を上回る報酬が出るとかって噂だよ。まあ、半年も経てば、射殺事件も人の口に上らなくなるだろうから、渡りに船ってとこだろうが」

「解決してからならわかりますけど」

古城が口をはさんだ。

「おれらのクビを切ったのも、あの御仁の入れ知恵じゃねえかっておれは踏んでるよ」

「細谷さんらをやめさせるように、若林さんが病院側へ働きかけたわけですか？」と下妻。

「おれたちが勝手な聞き込みをしたりするのが目についたのかもしれんけどさ。特本と病院側の連絡係を買って出たのが裏目に出たってことだ」

「それが院内ポリスの役目だと思うんですけどね」下妻が声を低める。「まさか、院内ポリスが捜査に手心を加えていると判断したんでしょうかね」

「変な言いがかりはよしてくれよ。怒るぞ」

「や、申し訳ない」

下妻が頭を掻く。

「それはそうと、去年入院していた中国人マフィアはどうなったの？　特本もネタを持っていないらしいが」細谷が下妻に訊く。

「ああ……あれですか」

古城もその事件を思い起こした。

去年の十二月、福建省出身の中国人マフィアが同郷の中国人と喧嘩になり、相手を刺して重傷を負わせた事件だ。容疑者本人も頭蓋骨陥没の大怪我を負って、新宿医科大付属病院に入院したが、二ヶ月後に院内から逃走し、行方をくらましたのだ。

「中国に帰国したと聞いていますけど、そのあとはさっぱり」

下妻が答えた。

「その事件が今回の安田理事長射殺事件と関係している節でもありますか？」

古城が訊くと、細谷は両手を開いて振った。

「それはこっちが聞きたいよ。どうなの」

あらためて細谷は下妻に訊いたが、反応しなかった。

しきりと考えを巡らせている下妻が奇妙だった。

3

人間ドック受付カウンターから細身の女性看護師が出てきた。薄化粧だ。挨拶をすませ、古城は下妻とともに、人間ドック待合室の奥へ誘った。人のいない一画に三人して腰を落ち着ける。

「お仕事はよろしいですか？」

古城が声をかけた。細谷から紹介された宇田川《うだがわ》澄子《すみこ》だ。

「ひと区切りついたところですから、大丈夫です」

ショートカットの髪をきっちり六・四で分けピン留めしている。今年、四十歳になった優秀な看護師だ。

十月はじめから、大手通信会社が経営するこの大病院に移ってきた。新宿医科大の付属病院では、脳神経センターに勤務していたという。

「特に事件ということではなくて、参考程度にお話を伺えればと思って……」

古城が言い切る前に、宇田川は、

「細谷さんから聞いています。新宿医科大付属病院の医療過誤ですよね？」

医療過誤の言葉が出て、古城は耳をそばだてた。

「医療過誤といいますと……？」

「わたしが辞めた経緯からお話ししましょうか」

きちんと制服の太ももの上で手を合わせて宇田川は言う。

「はい、できれば」

特別な事情がありそうなので、古城も身構えた。

「二年前の三月です。五十六歳の男性が頭痛を訴えて付属病院の脳神経センターに来院しました。放射線科で頭部CT検査を受けたところ、右大脳に14ミリの結節影が見つかって、担当の放射線科の医師は、検査報告書に脳腫瘍が疑われると書いた」一気に言った。「これを治療に当たった脳神経センターの後藤《ごとう》医師が見落としてしまったんです。翌月、患者さんは意識を失って転倒、救急車で運ばれてきたときには、手遅れでその晩亡くなりました」

「主治医だった医師が検査報告書の脳腫瘍を見落としてしまったんですね？」

「そうです」

「ご遺族はそれをご存じでしたか？」

「病院側は秘密にしておきましたが、どこからか洩れて、知ったようです」

「看護師が遺族に教えたんですか？」

宇田川は自信なげに首を横に振る。

「それはわかりませんが、とにかくご遺族は事情を知って、病院側に抗議しましたが、どうにか示談に持ち込んで事なきを得ました。遺族が正式に警察に訴え出ていたら、病院側の過失は明らかになっていたはずです」

「それは射殺された付属病院の安田理事長も知っていた？」

下妻が割り込んだ。

「当時、安田さんは常任理事でしたが、担当の教授を通じて報告が上がっていました。病院側の過失を認めて、謝罪すべきだと仰っていたようです」

やはり、亡くなった理事長は評判通りの正義漢のようだ。

「謝罪に至らなかった理由は？」

下妻が訊いた。

「じつはそれだけではなくて……」

五十歳になる女性患者が、他院で左大脳動脈に未破裂脳動脈瘤があるとの診断を受けて、新宿医科大付属病院を受診した。即入院し、カテーテルによる血管内治療が行われたものの、失敗して血管に穴が開いてしまい、大量の脳内出血により死亡したという。

「それも医療ミスですか？」

「もちろん」

宇田川が口を引き結ぶ。

ほかにも、松果体腫瘍の患者に対して摘出手術が行われたが、全摘出ではなく、部分摘出であったため、手術直後に脳内出血してしまって死亡したこともあったと宇田川は付け足した。

「脳神経センターで連続して医療ミスが起きたために、安田さんの前任の理事長も隠蔽せざるを得なかったんですかね？」

　下妻が訊いた。

「……付属病院に限らず、一般的に脳神経や脳外科では、ごくまれにではありますが、起きているミスです。それが表沙汰になるかどうかは、患者さん側のお怒りの程度や病院側の誠意にかかっています。ですが、付属病院の場合は……」

　言葉を濁らす。

「何か別の事情でも？」

「この三年間、付属病院では、五人の入院患者さんが不審死を遂げていて……」

「不審死？」

　下妻が横向きになり、宇田川と正対した。

「末期がんや認知症、それから脳腫瘍の患者さんが……」

「どうして不審死だと思うんですか？」

　宇田川は細い目で下妻を睨んだ。

「まわりにいる看護師なら、誰でも気づきます」

「そうですか」

　下妻がクビをすくめる。

「五人とも脳神経センターの患者さんです。末期がんの患者さんも、意識不明で脳神経センターの集中治療室にいました」

「それらも前理事長には上がっていた？」

「と思います。原則、医療ミスは講師のレベルで止めておいて、それから上へは報告しないという不文律があるにはあるのですが」

「くさいものは、末端で処理するということか」

下妻がため息をつきながら言った。

「医療ミスについて、白川先生が事情をご存じですか？」

古城の言葉に宇田川はぎくっとした。

「細谷さんから聞きました」古城が言った。「脳神経センターに所属するお医者さんですね？」

「はい」

「白川先生はどのようなお医者さんですか？」

「とても優秀です。お手本になるようなお医者さんで、医療ミスなんて絶対に起こしません」

「部内で隠蔽しようとしていた医療ミスを、白川先生が理事長までこっそり報告したとか？」

宇田川は首を横に振って、強く否定した。

「失礼、その白川先生ですが、一連の医療ミスとどう関わっているんですか？」

宇田川は顔を引きつらせ、口をつぐんだ。それ以上は、てこでも話さないような感じだった。

「ヒヤリハット報告は絶対に見逃しません」

絞り出すように言うと、宇田川は去っていった。

五反田駅へ向かう道すがら、古城は、

「いくら、一般的な医療ミスといっても、ちょっと多いですよね」

と下妻に声をかける。

「そうだな」

下妻が考え込む。

「理事長の射殺事件と関係しているのかな」

「としたらどうだ？　理事長は公にしたがっていたが、隠蔽したい勢力もあったはずだ」

「医療ミスを起こした医者や担当教授、その関係者ですか？」

「わからんが」

「でも、それで射殺？　いくらなんでも、そこまでやりますか？」

「さあ」

「特本は、このあたりの事情をつかんでいますよね。事情を知っているとして、病院側が若林管理官に公表を避けるように依頼したとか」

「安田理事長はそんなことをする人間じゃないと思うけどな」

「問題は不審死ですね」

「そうだ。特本に訊いてもだめなら、調べるしかない」

強い口調で下妻は言った。

「細谷さんに事情を話して……」

古城が言い終える前に、下妻は細谷に電話を入れていた。

4

下妻あてに、匿名の封書が届いたのは二日後の夕方だった。

中には診断書やカルテが収まっていた。一読した下妻から受け取って、中身を見た。ぜんぶで五人分あり、そのすべてが新宿医科大学付属病院脳神経センターの入院患者で、すでに全員亡くなっていた。宇田川が言った不審死を遂げた五人と思われた。送ってきたのは宇田川なのか、それとも別の人間なのか、わからなかった。奇妙なのは、五人のうち三人が中国人であることだった。

康克勤《カンクーチン》　男性五十八歳

黄楚成《ファンチウチャン》　男性六十七歳
李暁華《リーシャオファ》　女性四十九歳

三人とも、住所は福建省福州市だった。今年の四月から八月にかけて入院している。康克勤の病歴は末期膵臓がん、黄楚成は認知症、李暁華は脳腫瘍。いずれも最後は鎮痛剤の投与を経て、二日から三日後に亡くなっていた。担当医は白川道子《みちこ》となっている。この三人が不審死に該当しているのかどうか、わからなかった。しかし、いずれも白川という医師が関わっている点は明らかだ。

下妻がメールをして、席を立った。古城も下妻に同行して新宿署を出た。東通りを高層ビル街に向かった。下妻は何かに取り憑かれたように、無言で歩く。途中で新宿駅方向へ向きを変え、飲食店が軒を並べる三番街通りの路地に入った。古い煉瓦造りの壁にあるガラス戸を開けて、急な階段を三階まで上がった。

洋食店らしい看板のあるドアを開けて店内に入った。六時近く、客はいなかった。肉汁の香りが漂っていた。狭く薄暗い店で、いちばん奥にある個室に入り、下妻は壁にもたれかかると、腕を組んで瞑目した。

注文を取りに来た店員に、薄目を開けて食べ放題コースとつぶやき指を三本立てた。メニューはシュラスコ食べ放題で三千円となっていた。五分ほどして運ばれてきたグリーンサラダをつついた。付属病院で亡くなった三人の中国人について、下妻の口から何も出ない。古城にしても、雲をつかむような話だった。

カルパッチョのプレートと若鶏の唐揚げが運ばれてきた。下妻が注文したビールで喉を潤していると、ドアが開いて、黒いジャンパードレスを着込んだ長髪の女が入ってきて、挨拶もしないで下妻の横に座った。下妻がコップを差し出してビールをついだ。喉が渇いていたらしく、半分ほど一息に飲んだ。古城の存在など、目にも入らない様子で、あまり長居はできないと舌足らずの日本語で言う。目や顔の形から、いつか下妻が肩を並べてホテル街に消えた女だと思った。楊春鈴だ。

「彼女、池袋に台湾料理店を持っていてさ」

と下妻が楊との会話を縫って口にした。

「激安大盛りの？」

ここ数年来、日本各地で台湾料理店が増えている。中身は大陸出身の中国人が経営する中国料理店だ。

「中国人を雇っていて、やりくりで忙しい。食材買ったり」

「日本は景気が悪いのに、来るんですね」

「お金持ちの人たちは、中国本土のほうがチャンスが多いです」楊が言った。「でも、田舎の人は日本で働いた方がましだから」

「楊さんのご出身は？」

「吉林《チーリン》です」楊が答えた。「ラウファチャヤオが店の募集していて、わたし、それに乗って去年、こちらに来ました。居抜きで店を作り直して、オープンさせたよ」

「ラウ？」

楊がハンドバッグからペンを取り出し、ナプキンにさらさらと書く。

老华侨。

中国語だ。わからない。

「華僑だよ」下妻が解説する。「改革開放政策の前から日本に移民していた中国人」

「わかりました。今回は娘さんもご一緒に？」

「彼女、日本が大好きだからね。歌舞伎町のあの店で、訓練？」

と楊は下妻の顔を見る。

「それは修業」

「そうそう、修業中ね。ついでにわたしも夜はときどき、レイで修業中」

悪戯っぽい口調で言う。

ホステスとしても働いているようだ。

「台湾料理のお店、儲けは出ているんですか？」

「ラーメンの原価は百円くらいだから、けっこう出るよ」

楊はそう言って、若鶏の唐揚げを口に放り込む。

「あの、いまでも中国に送金する地下銀行ってあるんですか？」

つい、訊いてしまう。

二十年前、楊自身が地下銀行を使って中国に金を送金し、それが元で警察に検挙されたのだ。

「もちろんあるよ、速いし安いし。蛇頭の収入源です」

あっけなく答えてくれる。

「蛇頭ですか……」

平成期のはじめ、中国から船を使って大量の密入国者を日本に送り込んだ福建省のマフィアだ。莫大な手数料収入を得ていた。

「いまも蛇頭は活動しているんですね」

あらためて訊いてみる。

「もちろんです。いまは日本は人気がなくてアメリカが主ですね。メキシコやカナダに送り込んで、陸からアメリカに密入国させています」

「そうなんですか……楊さんの故郷の吉林《きつりん》は寒いところだと思いますけど、いまの時期はどうですか？」

「マイナス二十度、当たり前です。でも、二、三年、帰ってないよ。結婚してから、旦那の住んでる福州にいるから」

「福州……福建省の？」

「そう、何か？」

下妻の目がかっと見開いた。

下妻が新宿医科大学付属病院で起きた理事長射殺事件について口にしてから、送られてきた三人のカルテを見せた。楊は興味深げに紙をめくり、下妻の顔を窺う。

「春鈴」

「今年のお正月、レイで新年会開いた」楊が言う。「そのとき、日本を旅行していた福州市公安局の副局長の奥さんが来てたよ」

「公安局って、中国の警察ですよね？」

「そうよ。その人、真珠のネックレスをもらったりして、ちやほやされてた」

「公用で来日していたんですか？」

「公用なんてないでしょ。ただの旅行」

「参加していた人は中国人が多かったんですか？」

「ぜんぶ日本に住んでる中国人。福建省出身の永住者が多かった」

「永住者の人たち、福建省に帰ってからも、警察の世話になることがあるから、そのときのための賄賂ですか？」

あてずっぽうに言ってみると楊の顔色が変わった。

日本で永住者の資格を取れば、滞在期間を気にすることなく、自由に日本と中国を行き来できるのだ。

「もちろんです。いいこともあれば、悪いことも関係してます。警察は戸籍の売買を黙認できますから」

中国で戸籍の売買は重大犯罪である。

いまだに中国では賄賂が横行しているのだろう。

「中国の一般の人たちの所得は上がった」楊が言う。「でも、ほかの面ではまだまだ日本のほうが上です。たとえば年金や社会保障や医療」

「中クラス以下の中国人が大病を患ったりすると、日本に来て、こちらの病院にかかる」

下妻が重たげにつけたした。

「それは当たり前です」楊が言い、手にしているカルテを見る。「お金持ちの人もこのように別の目的で来日します」

「別の？」

楊はうなずいた。「中国では安楽死は認められていないけど、それを望む人は多いです。去年くらいから、日本で安楽死させてくれる病院があるという噂が福州で流れています。ふつうの人は、そのために日本に行けませんが、お金持ちで特定のツテを持つ人は行けます」

「特定のツテ……」

下妻が小さくうなずいた。

福建省のマフィアが斡旋しているのだろうか。

「フクオカの名前なら聞いたことがあります。港湾局に勤めているわたしの旦那の麻雀仲間が警察官で、彼が教えてくれました。金のためなら何でもします。また偽名を使って日本に入国したらしいです」

フクオカの名前が出て、潜熱でもあるかのように下妻の顔に朱が差した。亡くなった自分の妻と関わりのある二十年前に起きた殺人事件。その犯人として取り沙汰されている男……。

「レイの店長を射殺したフクオカ?」

「そんな荒事ができるのは限られてくる。こっちの土地勘もないとな」

下妻が凄みを帯びた調子で言う。

「フクオカが理事長射殺の犯人?」

「そうかもしれん」

フクオカが犯人だとしても、安田理事長が射殺された理由ははっきりしない。しかし、中国人ヒットマンの可能性が高いのなら、その目的は限られてくるのではないか。

「春鈴、おおむね了解した」下妻が言う。「おまえはこの件には決して首を突っ込むな」

「わかりました」

楊はか細い声で返事をした。

5

翌日。午後七時十分。

病院本棟の夜間入り口から、トレンチコートを着た女が出てきた。センター分けしたボブヘアにさりげなく手をやり、曙橋に向かって歩き出す。脳神経センター勤務の白川道子医師だ。

古城は反対側の通りにいる村上に目配せをして、その後ろにつくように促した。自身も五十メートルほど離れて、尾行をはじめた。ダウンジャケットを着ていても足下が冷える。

「一日で何人ぐらいの患者さんを見るんでしょうかね」

イヤホンに村上の声が入る。

「五十人くらいかな」

「そんなに？　いくら優秀でも、誤診や見落としもあるんじゃないかな」

「優秀な人だから、ないと思うけど」

「わかりませんよ。まわりは気づかなくて、本人だけが知っている誤診とかがあって、それが安楽死につながったとか」

「それだったら、なおさら悪質だけど」

「しかし重いなぁ」

脇の下にはさんだホルスターの重みをひときわ感じる。きょうは下妻から、拳銃携行命令が出ている。

「こら、近づきすぎ」

「あ、すみません」

白川は都営新宿線曙橋駅から地下鉄に乗った。となりの車両から監視を続ける。

「白川先生って、おじいちゃんがあんな死に方をしなかったら、医者にはなっていなかったでしょうね」

村上の囁く声が入る。

「たぶんね」

病院内の広報誌で、祖父が全身の筋肉から力が抜けていくALS（筋萎縮性側索硬化症）で亡くなり、その長い治療を目の当たりにしていた幼少期の思いを綴っていた。最後は言葉も喋れなくなった祖父を見て、苦痛の少ない安らかな死を願っていたかもしれないと結んでいる。

「古城さんは安楽死、賛成ですか？」

「自分もそうなったら、お願いしたいわね。でも」

「でも何？」

「医者も患者も、考えのばらつきがあるから、一律に法律で決められないと思う」

「そうですね。答えの出ない問題ですよね」

二十分後、大島駅で降りると、本八幡方面出口から外に出た。新宿に比べて風が強くなっていた。白川は小さなスーパーで買い物をしてから、大島六丁目の広い通りを渡った。左にとり、歩道を歩く。

「自宅ですね」

村上が言う。

「たぶん」

「尾行する意味あるんですか？」

「わからない」

下妻の命令に従っているだけだ。

「歌舞伎町は大変でしょうね。こんな呑気なことしていて、いいんでしょうか」

「いいから、送り込んだら戻る」

帰宅を見届けたら、帰署するのだ。

「はい」

昨晩、フクオカこと、胡強《フーチャン》が歌舞伎町に舞い戻ったとのネタが理事長射殺事件の特捜本部にもたらされた。下妻の情報提供により、歌舞伎町の中国人ネットワークに潜入していた特本の捜査員のひとりが感知したのだ。それに基づき、新宿署の警官も動員されて、新宿医科大学付属病院と歌舞伎町一帯は物々しい警戒ぶりだ。

八時半、署に戻った。下妻は不在だった。

翌日も、朝から白川の監視に入った。午前八時過ぎ、白川は病院に出勤した。村上と代わった筒見とともに、脳神経センターで張り込みを続けた。

午後一時、トレンチコートを着て白川は病院をあとにした。タクシーを捕まえて、新宿駅方向に向かった。車で待機していた筒見とともに、あとを追う。下妻に報告すると、そちらに合流すると言ってきた。

白川は新宿区役所前でタクシーを乗り捨て、区役所通りに入っていった。古城が単独でそのあとについた。警官の姿がやたらと目についた。白川は風林会館手前にあるコンビニに入った。斜め向かいに立って、様子を見守る。奥手に入ったので白川の姿が見えなくなった。下妻がやって来た。この寒空に、薄手のブレザーを羽織っているだけだ。状況を報告しながら待った。

「病院で不審な男はいなかったか?」

「いません」

脳神経センターには、制服警官と私服の刑事が七名態勢で警戒についていたのだ。

「どうして、こんなところに来た?」

下妻がつぶやいた。

三分ほど経った。白川は出てこない。下妻のこめかみに血筋が走った。

「呼び出されたか」

下妻が言うと、左右の確認もせず車道を突っ切ってコンビニに入った。

古城もそのあとにしたがった。店内に入った。白川はいなかった。下妻が反対側の通路も走って、バックヤードに駆け込んでいった。あわてて、そのあとを追いかける。

休憩中の店員に声をかける間もなかった。下妻が裏口から出ていった。通路を駆け抜けて、ビルの裏手に出る。新宿ゴールデン街につながる四季の路だ。十二月にもかかわらず、青々とした並木が続いている。下妻が北に向かって走り出した。通行人はいなかった。右にカーブしている路の先に、茶色いトレンチコートがかろうじて見えた。そこに向かって脱兎のごとく、下妻が駆けた。古城も全力で走った。路が二股に分かれる手前で追いついた。

「白川っ」

下妻が声をかけると、白川が振り向いた。

そのとき、銃声があたりを震わせた。白川が倒れ込んだ。

古城もホルスターから、回転式拳銃《サクラ》を取り出した。

ひるむことなく、下妻は白川の元に走った。

二十メートルほど先の左手草むらから、黒っぽい服を着た男が半身を見せていた。その手に拳銃らしきものが握られている。それがこちらを向いたとき、下妻の手元で発砲音がした。男がぐらっと倒れた。下妻は拳銃を向けたまま、男の元に走り寄った。

古城はうつむきになって倒れている白川に近づいた。肩口から血が流れていた。呼びかけると、かすかに指を動かした。ゆっくり開けた目が古城と合った。肩から流れる血が地面を濡らしていた。拳銃をホルスターに収め、ハンカチを傷口に当てて、小声で呼びかける。

「大丈夫ですか?」

白川は小さくうなずいた。

すぐ先で、下妻が倒れ込んだ男にのしかかるように、背後から手錠をかけていた。横顔が見えた。ツーブロックの黒髪坊主。胡強だ。目を開け、下肢が動いている。左上腕部の銃創から出血しているが、こちらも命に別状はないようだった。

下妻が銃を使ったのが信じられなかった。しかし、こうなることを予想していたに違いなかった。男がフクオカなら、二十年越しの逮捕になるのではないか。複数の警官がやって来た。事情を説明すると、ふたりが下妻の元に駆け寄った。古城は白川を支えながら、救急車を呼ぶために、スマホを取り出した。

6

「おかげんは、いかがですか?」

古城が呼びかけると、白川は枕から頭を上げて、

「だいぶ、よくなりました」

と息苦しそうに答えた。

「あ、そのままで」

シーツにそっと手をやって、安静にしているように促す。

「あんな恐ろしい目に遭ったんですから、なかなかショックが抜けないですよね」

「……はい」

天井に目を当てて言う。

コロナ禍ではあるが、引き続き医師から特別な許可が出て、一週間前の入院以来、きょうは二度目の面会になる。二日前は見舞いの言葉をかけただけだった。肩の傷はひどくないが、少しでも容態が悪くなれば取りやめにするという条件付きの面会だ。個室のベッドサイドには、しおれた二輪のガーベラが所在なげに飾られていた。面会者リストによれば、大阪在住の母親と兄が一度見舞いに訪れているだけだった。見たところ、前回よりも白川の顔色もよく、事情聴取に耐えられるだろうと古城は判断した。

「お見せしたいものがあるんですが、ご覧になっていただけますか？」

白川は無言で古城を見返した。

古城は二枚の紙を白川の手に取らせた。一昨年の六月と十月に新宿医科大学付属病院で亡くなったふたりの患者のカルテだ。両方とも主治医は白川で、ひとりは七十三歳の男性。もうひとりは、七十一歳の女性。ふたりとも脳梗塞の患者で、余命は半年から一年。男性は入院一週間後に急性腎不全で死亡。女性は入院三日後に敗血症ショックで亡くなっている。

一読した白川の目に、それまでの穏やかさは失せていた。

「おふたりとも、積極的安楽死に近いようですね」

命を終わらせるために、法令違反となる何らかの行為を行うことだ。

白川は古城の視線をそらさなかった。

「わたしの記憶では、苦痛緩和以外の医療行為はせず、安らかな死を迎えていたはずですが」

「男性患者の治療に関わった看護師から、患者さんの息子さんが、経鼻経管栄養の注入速度を速めるのをあなたが黙認した、という証言が得られています」

「看護師でもないのに、そんなことできるはずがありません」

表情を変えない。

「注入速度を速めると、どうなりますか？」

かまわず古城は訊いた。

「いろいろ考えられますが、嘔吐して、悪くすれば急性肺炎を併発するかもしれない」

「死に至りますか？」

「可能性はあります」

「その際、治療する必要がありましたが、あなたは行わなかった。それは認めますね？」

「ですから、苦痛の緩和以外はしなかった」

「延命措置を行わなかった理由は？」

「よく覚えていないけど、ふたりとも最後は麻酔が効いて、眠るように亡くなったはずです。それに、患者さんご自身とご家族から、延命治療しないでくれと言われたのはたしかだと思います」

「どちらの患者さんも、脳梗塞で何度も入退院を繰り返していて、あなたとのつきあいは長かった。本人とご家族から、苦しむのは嫌だから、一日でも早く楽に死なせてくれとせがまれていましたね？」

「誰がそんなことを……」

古城は不審死が疑われている三人の中国人のカルテを、怪我していない白川の左手にゆだねた。

横向きのまま、それらを目にしてから、白川はそれを突っ返してきた。目がすわっていた。

「何なんですか？」

「このお三方は中国で余命半年から数週間と宣告された人たちです。それでも、家族が連れて来日し、新宿医科大付属病院の脳神経センターに入院した。日本の健康保険も未加入だし、病院側は入院に難色を示していたにもかかわらず、あなたが積極的に入院させた。何か特別なご事情でもありましたか？」

「がん病棟の終末センターが満床だったので、受け入れただけです」

「でしたら、ほかの病院を紹介するのが筋ではないですか」古城は、がんではないふたりのカルテを差し出した。「こちらの脳腫瘍と認知症の患者さんを受け入れた経緯について話してくれませんか」

「脳腫瘍の患者さんは中国で開頭手術をしていたはずです。でも、診たところ脳全体に腫瘍が広がっていて全体に放射線を当てる治療しか残されていませんでした」憤りを持って答える。「初診のときから激しい頭痛を訴えていて、見るに堪えなかった」

「認知症の患者さんは？」

「進行がひどくて、発語できない状態だったはず。誤嚥性肺炎も起こしていたし、手の施しようがなかった……」

「お三方とも、鎮痛剤を大量に投与された末にお亡くなりになりました。これはあなたの指示ですか？」

「いえ、苦痛を取り除いてほしいというご家族の強いご意志に従っただけです」

「一緒に治療をしていた同僚の方によれば、気管内チューブの抜管と筋弛緩剤の投与を行ったという証言もあります。いかがですか？」

　法令違反となりうる医療行為だ。

「まさか、ありえない」

「三人のご家族は、中国からはるばるやって来て、全員、あなたを指名したそうですが、お心当たりはないですか？」

「たまたま、診察がわたしに回ってきただけのことです」

「おかしいですね。三家族とも、あなたにかかるのが来日の目的だと言っていたようですが」

「聞き間違いか何かです。あり得ない」

「白川先生、はっきり申し上げます」古城はきっぱり言った。「これまでの捜査で、さきほどの二名の日本人と三名の中国人は、あなたの手による積極的安楽死の疑いが濃厚です。日本では認められていないけれど、あなたはあえて行った。しかも五件も。理由はありますか？」

白川は沈黙を守ったまま、掛け布団を口元まで引き上げた。

「二年前から、脳神経センターでは、脳腫瘍の報告を主治医が見落としたり、脳動脈瘤や松果体腫瘍の患者の手術ミスが相次いで起きた。担当教授はそれを隠蔽しようとしたが、あなたは我慢できずに、前理事長の内海《うつみ》さんに報告したが、内海さんはそれを握りつぶしてしまった。問題は、そのときあなたが提示した条件です。事情によって、積極的安楽死を望んでいる人に対して、それを黙認したい。そう持ち出しましたよね？」

白川は氷をあてがわれたように、顔から朱が引いた。

「提示したあなたもあなたなら、それを呑んだ内海さんもいけない」

「そんな取引なんてした覚え、ないです」

もはやここまで、と古城は思い、下妻に場所を譲った。

「先週、あなたが銃で撃たれた日のことについて少し」下妻がどっかりと椅子に腰を下ろして声をかける。「午後は会議があったはずだけど、どうして抜け出したりしたんですか?」

「用事ができました」

間髪を入れず答える。

「重要な会議だったんだけど、まあいいか」下妻が頭を掻く。「ひょっとして、中国人から脅しの電話が入ったんじゃないの?」

白川の眉間にしわが寄った。

「脅しなんて……」

語尾が震えている。

「去年の十二月、福建省出身の蔡宇航《ツァイイユハン》っていう男が、事件がらみで付属病院に入院してね。ご存じ?」

「知りません」

「この男、マフィアでね。かなりの重傷を負っていたので警察も油断したんだな。ふた月ほどして病院を抜け出して、中国に帰ったんですよ。こいつ、入院中にあなたの噂を聞きつけていたんだな。安楽死させる医者がいるって」

白川が固まっていた。

「この男、向こうのワルどものネットワークに乗せて、金持ち相手に安楽死ツアーをしようということになった。それが、この三人ですよ」

下妻が三人の中国人のカルテを振った。

「それで、あなたに接触してきた。従わなければ、過去に行った積極的安楽死をばらすと脅して。あなたは従わざるを得なかった。それで、三人の中国人の安楽死を幇助した。この件は、当然、射殺された安田理事長が知るところになった。あの方はひときわ正義感が強いから、公表しようと部内を調整していたが、その最中に凶弾に倒れた。犯人はこいつですよ」

側頭部を坊主に刈り込んだ中国人の写真をかざした。胡強だ。戸籍を変えて、再渡航してきたのだ。

「公表されちゃ、安楽死ツアーが中止になっちゃうからね」

「……ツアーなんて」

放心状態になったように、ぼそっとつぶやく。

「安楽死ツアーは福州の公安局上層部も絡んでいる。見逃すかわりに賄賂を懐にしているから。ところが、日本の警察の捜査があなたに及ぶようになって、福州のワルどもだけじゃなく、公安局の連中もさすがに焦った。露見したら、自分たちも逮捕されるからね。それで、口封じのために、もう一度、こいつを送り込んだ」

下妻は胡強の写真を白川の枕元に置いた。

横目でそれを窺う白川の体が、空気が抜けたみたいに、縮こまっていった。否定しなかった。落ちたのだ。

じっとその顔を見つめたのち、おもむろに、下妻は腰を上げた。

一言も口にせず、ドアに向かって歩き出す。古城もそのあとについて、廊下に出た。警護のため立っている制服警官とスーツ姿の村上に、くれぐれも白川の自殺に気をつけるように言い置いて、そこを離れた。

エレベーターに向かう下妻の後ろ姿が心持ち、小さくなっているように見えた。二十年越しの事件解決の安堵感がそうさせているのだろうか。その胸には、新宿署で過ごした歳月とともに、いまはなき妻の面影が漂っているのかもしれなかった。

ふだんは分厚い背中が小刻みに震えているのに気づいて、はっとした。声をかけるのもためらわれ、古城はエレベーターの扉の前にいる下妻から少し離れた場所で立ち尽くした。

参考文献

『新宿歌舞伎町　新・マフィアの棲む街』吾妻博勝（文春文庫／二〇〇六年）

初出一覧
ホスト狩り「別冊文藝春秋」電子版４３号
万引き犯「別冊文藝春秋」電子版４４号
失踪　書き下ろし
潜熱　書き下ろし

本作品は文庫オリジナルです
ＤＴＰ組版　萩原印刷

文春文庫

夜《よる》の署長《しょちょう》3
潜熱《せんねつ》

定価はカバーに表示してあります

2023年2月10日　第1刷

著　者　安東能明《あんどうよしあき》
発行者　大沼貴之
発行所　株式会社　文藝春秋

東京都千代田区紀尾井町3-23　〒102-8008
TEL　03・3265・1211(代)
文藝春秋ホームページ　http://www.bunshun.co.jp

落丁、乱丁本は、お手数ですが小社製作部宛お送り下さい。送料小社負担でお取替致します。

印刷製本・凸版印刷

Printed in Japan
ISBN978-4-16-791996-2

（　）内は解説者。品切の節はご容赦下さい。

瀬川コウ
君と放課後リスタート
君を好きだった気持ちさえなくしてしまったのだろうか？　ある日、クラスメート全員が記憶喪失に!?　全ての人間関係の記憶も失われた状態で生まれた謎を「僕」は解き明かせるか。
せ-13-1

高村　薫
地を這う虫
――人生の大きさは悔しさの大きさで計るんだ。夜警、サラ金とりたて業、代議士のお抱え運転手……。栄光とは無縁に生きる男たちの敗れざるブルース。「愁訴の花」「父が来た道」等四篇。
た-39-1

高嶋哲夫
イントゥルーダー　真夜中の侵入者
その存在さえ知らなかった息子が瀕死の重傷。天才プログラマーの息子は原発建設に絡むハイテク犯罪に巻き込まれていたのか？　サントリーミステリー大賞・読者賞ダブル受賞の傑作！
た-50-10

高野和明
13階段
前科持ち青年・三上は、刑務官・南郷と記憶の無い死刑囚の冤罪をはらす調査をするが、処刑まで時間はわずか。無実の命を救えるか？　江戸川乱歩賞受賞の傑作ミステリー。（友清　哲）
た-65-2

滝沢志郎
明治乙女物語
西欧化の波が押し寄せる鹿鳴館時代。女高師で学ぶ咲と夏は、舞踏会で爆発事件に遭遇。それは、明治を揺るがす大事件の幕開けだった。松本清張賞受賞作の青春ミステリー。（中島京子）
た-103-1

知念実希人
レフトハンド・ブラザーフッド（上下）
左腕に亡き兄・海斗の人格が宿った高校生・岳士は殺人事件に巻き込まれ、容疑者として追われるはめに。海斗の助言で、真犯人を見つけるため危険ドラッグの密売組織に潜入するが。
ち-11-1

辻村深月
太陽の坐る場所
高校卒業から十年。有名女優になった元同級生キョウコを同窓会に呼ぼうと画策する男女六人。だが彼女に近づく程に思春期の痛みと挫折が甦り……。注目の著者の傑作長編。（宮下奈都）
つ-18-1

（　）内は解説者。品切の節はご容赦下さい。

辻村深月
水底フェスタ
彼女は復讐のために村に帰って来た――過疎の村に帰郷した女優・由貴美。彼女との恋に溺れた少年は彼女の企みに引きずり込まれる。待ち受ける破滅を予感しながら……。（千街晶之）
つ-18-2

辻村深月・乾くるみ・米澤穂信
芦沢央・大山誠一郎・有栖川有栖
神様の罠
ミステリー界をリードする六人の作家による、珠玉の「罠」。最愛のひととの別れ、過去がふいに招く破綻、思いがけず露呈するほころび、知的遊戯の結実、コロナ禍でくるった日常……。
つ-18-50

月村了衛
ガンルージュ
韓国特殊部隊に息子を拉致された元公安のシングルマザー・律子。息子を奪還すべく、律子は元ロックシンガーの女性体育教師・美晴とともに、決死の追撃を開始する。（大矢博子）
つ-22-2

辻堂ゆめ
お騒がせロボット営業部！
社運をかけ開発された身長80センチの人型ロボット。実用性ゼロのポンコツなのに、次々と事件の犯人にされて…新人女子とイケメンコンビは謎を解けるか!?　新感覚ロボットミステリー。
つ-26-1

堂場瞬一
アナザーフェイス
家庭の事情で、捜査一課から閑職へ移り二年が経過した大友だが、誘拐事件が発生。元上司の福原は強引に捜査本部に彼を投入する……。最も刑事らしくない男の活躍を描く警察小説。
と-24-1

堂場瞬一
ラストライン
定年まで十年の岩倉剛は捜査一課から異動した南大田署で独居老人の殺人事件に遭遇。さらに新聞記者の自殺も発覚し――。行く先々で事件を呼ぶベテラン刑事の新たな警察小説が始動！
と-24-14

永瀬隼介
最後の相棒
歌舞伎町麻薬捜査
伝説のカリスマ捜査官・桜井に導かれ、新米刑事・高木は新宿歌舞伎町を舞台にした命がけの麻薬捜査にのめり込んでいく。予想外の展開で読者を翻弄する異形の警察小説。（村上貴史）
な-48-6

（　）内は解説者。品切の節はご容赦下さい。

中山七里
静おばあちゃんにおまかせ
警視庁の新米刑事・葛城は女子大生・円に難事件解決のヒントをもらう。円のブレーンは元裁判官の静おばあちゃん。イッキ読み必至の暮らし系社会派ミステリー。（佳多山大地）
な-71-1

中山七里
静おばあちゃんと要介護探偵
静の女学校時代の同級生が密室で死亡。事故か、自殺か、他殺か？ 元判事で現役捜査陣の信頼も篤い静と、経済界のドン・玄太郎の〝迷〟コンビが五つの難事件に挑む！（瀧井朝世）
な-71-4

新田次郎
山が見ていた
夫を山へ行かせたくない妻が登山靴を隠す。その恐ろしい結末とは。少年をひき逃げした男が山へ向かうと。切れ味鋭く人間の業を抉る初期傑作ミステリー短篇集。新装版。（武蔵野次郎）
に-1-46

西村京太郎
「ななつ星」極秘作戦
十津川警部シリーズ
太平洋戦争末期、幻の日中和平工作。歴史の真相を探ろうと豪華クルーズ列車「ななつ星」に集った当事者の子孫や歴史学者らに、魔の手が迫る。絶体絶命の危機に十津川警部が奔る！
に-3-52

似鳥《にたどり》　鶏《けい》
午後からはワニ日和
「怪盗ソロモン」の貼り紙と共にイリエワニ、続いてミニブタが盗まれた。飼育員の僕は獣医の鴇《とき》先生と事件解決に乗り出す。個性豊かなメンバーが活躍するキュートな動物園ミステリー。
に-19-1

似鳥　鶏
ダチョウは軽車両に該当します
ダチョウと焼死体がつながる？ ——楓ヶ丘動物園の飼育員「桃くん」と変態（？）「服部くん」、アイドル飼育員「七森さん」、そしてツンデレ女王の「鴇先生」たちが解決に乗り出す。
に-19-2

貫井徳郎
追憶のかけら
失意の只中にある松嶋は、物故作家の未発表手記を入手するが、彼の行く手には得体の知れない悪意が横たわっていた。二転三転する物語の結末は？ 著者渾身の傑作巨篇。（池上冬樹）
ぬ-1-2

（　）内は解説者。品切の節はご容赦下さい。

貫井徳郎
空白の叫び（全三冊）
外界へ違和感を抱く少年達の心の叫びは、どこへ向かうのか。殺人を犯した中学生たちの姿を描き、少年犯罪に正面から取り組んだ、驚愕と衝撃のミステリー巨篇。（羽住典子・友清　哲）
ぬ-1-4

貫井徳郎
壁の男
北関東の集落の家々の壁に絵を描き続ける男。彼自身は語らないが、「私」が周辺取材をするうちに男の孤独な半生と悲しい真実が明らかに。読了後、感動に包まれる傑作。（末國善己）
ぬ-1-8

乃南アサ
紫蘭の花嫁
謎の男から逃亡を続けるヒロイン、三田村夏季。同じ頃、神奈川県下で連続婦女暴行殺人事件が……。追う者と追われる者の心理が複雑に絡み合う、傑作長篇ミステリー。（谷崎　光）
の-7-1

乃南アサ
暗鬼
嫁いだ先は大家族。温かい人々に囲まれ何不自由ない生活が始まったが……。一見理想的な家に潜む奇妙な謎に主人公が気付いた時、呪われた血の絆が闇に浮かび上がる。（中村うさぎ）
の-7-3

早坂　吝《やぶさか》
ドローン探偵と世界の終わりの館
ドローン遣いの名探偵、飛鷹六騎が挑むのは奇妙な連続殺人。廃墟ヴァルハラで繰り広げられる命がけの知恵比べとは？　定石破りの天才が贈る、意表を突く傑作ミステリ。（細谷正充）
は-56-1

東野圭吾
秘密
妻と娘を乗せたバスが崖から転落。妻の葬儀の夜、意識を取り戻した娘の体に宿っていたのは、死んだ筈の妻だった。日本推理作家協会賞受賞。（広末涼子・皆川博子）
ひ-13-1

東野圭吾
予知夢
十六歳の少女の部屋に男が侵入し、母親が猟銃を発砲。逮捕された男は、少女と結ばれる夢を十七年前に見たという。天才物理学者が事件を解明する、人気連作ミステリー第二弾。（三橋　暁）
ひ-13-3

（　）内は解説者。品切の節はご容赦下さい。

東野圭吾
ガリレオの苦悩
〝悪魔の手〟と名乗る人物から、警視庁に送りつけられた怪文書。そこには、連続殺人の犯行予告と、湯川学を名指しで挑発する文面が記されていた。ガリレオを標的とする犯人の狙いは？
ひ-13-8

東川篤哉
魔法使いは完全犯罪の夢を見るか？
殺人現場に現れる謎の少女は、実は魔法使いだった!?　婚活中の女警部、ドMな若手刑事といった愉快な面々と魔法の力で事件を解決する人気ミステリーシリーズ第一弾。（中江有里）
ひ-23-2

東川篤哉
魔法使いと刑事たちの夏
切れ者だがドMの刑事、小山田聡介の家に住み込む家政婦マリィは、実は魔法使い。魔法で犯人が分かっちゃったけど、どうやって逮捕する？　キャラ萌え必至のシリーズ第二弾。
ひ-23-3

東川篤哉
さらば愛しき魔法使い
八王子署のヘタレ刑事・聡介の家政婦兼魔法使いのマリィは、数々の難解な事件を解決してきた。そんなマリィの秘密を、オカルト雑誌が嗅ぎつけた？　急展開のシリーズ第三弾。
ひ-23-4

藤原伊織
テロリストのパラソル
爆弾テロ事件の容疑者となったバーテンダーが、過去と対峙しながら事件の真相に迫る。乱歩賞&直木賞をダブル受賞した不朽の名作。逢坂剛・黒川博行両氏による追悼対談を特別収録。
ふ-16-7

福田和代
バベル
ある日突然、悠希の恋人が高熱で意識不明となってしまう。感染爆発が始まった原因不明の新型ウイルスに、人間が立ち向かう術はあるのか？　近未来の日本を襲うバイオクライシスノベル。
ふ-45-1

誉田哲也
妖《あやかし》の華
ヤクザに襲われたヒモのヨシキが、妖艶な女性・紅鈴に助けられたのと同じ頃、池袋で、完全に失血した謎の死体が発見された――。人気警察小説の原点となるデビュー作。（杉江松恋）
ほ-15-2

（　）内は解説者。品切の節はご容赦下さい。

松本清張
風の視線（上下）
津軽の砂の村、十三潟の荒涼たる風景は都会にうごめく人間の心を映していた。愛のない結婚から愛のある結びつきへ。〝美しき囚人〟亜矢子をめぐる男女の憂愁のロマン。（権田萬治）
ま-1-17

松本清張
事故　別冊黒い画集(1)
村の断崖で発見された血まみれの死体。五日前の東京のトラック事故。事件と事故をつなぐものは？　併録の「熱い空気」はTVドラマ「家政婦は見た！」第一回の原作。（酒井順子）
ま-1-109

松本清張
疑惑
海中に転落した車から妻は脱出し、夫は死んだ。妻・鬼塚球磨子が殺ったと事件を扇情的に書き立てる記者と、国選弁護人の闘いをスリリングに描く。「不運な名前」収録。（白井佳夫）
ま-1-133

麻耶雄嵩
隻眼の少女
隻眼の少女探偵・御陵みかげは連続殺人事件を解決するが、18年後に再び悪夢が襲う。日本推理作家協会賞と本格ミステリ大賞をダブル受賞した、超絶ミステリの決定版！（巽　昌章）
ま-32-1

麻耶雄嵩
さよなら神様
「犯人は○○だよ」。鈴木の情報は絶対に正しい。やつは神様なのだから。冒頭で真犯人の名を明かす衝撃的な展開と後味の悪さが話題の超問題作。本格ミステリ大賞受賞！（福井健太）
ま-32-2

丸山正樹
デフ・ヴォイス　法廷の手話通訳士
荒井尚人は生活のため手話通訳士になる。彼の法廷通訳ぶりを目にし、福祉団体の若く美しい女性が接近してきた。知られざるろう者の世界を描く感動の社会派ミステリ。（三宮麻由子）
ま-34-1

宮部みゆき
とり残されて
婚約者を自動車事故で喪った女性教師は「あそぼ」とささやく子供の幻にあう。そしてプールに変死体が……。他に「いつも二人で」「囁く」など心にしみいるミステリー全七篇。（北上次郎）
み-17-2

（　）内は解説者。品切の節はご容赦下さい。

宮部みゆき
人質カノン
深夜のコンビニにピストル強盗！　そのとき、犯人が落とした意外な物とは？　街の片隅の小さな大事件と都会人の孤独な肖像を描いたよりすぐりの都市ミステリー七篇。（西上心太）
み-17-4

宮部みゆき
ペテロの葬列（上下）
「皆さん、お静かに」。拳銃を持った老人が企てたバスジャック。呆気なく解決したと思われたその事件は、巨大な闇への入り口にすぎなかった――。杉村シリーズ第三作。（杉江松恋）
み-17-10

道尾秀介
ソロモンの犬
飼い犬が引き起こした少年の事故死に疑問を感じた秋内は動物生態学に詳しい間宮助教授に相談する。そして予想不可能の結末が！　道尾ファン必読の傑作青春ミステリー。（瀧井朝世）
み-38-1

湊　かなえ
花の鎖
元英語講師の梨花、結婚後に子供ができずに悩む美雪、絵画講師の紗月。彼女たちの人生に影を落とす謎の男K……。三人の女性たちを結ぶものとは？　感動の傑作ミステリ。（加藤　泉）
み-44-1

湊　かなえ
望郷
島に生まれ育った私たちが抱える故郷への愛、憎しみ、そして憧憬……屈折した心が生む六つの事件。日本推理作家協会賞・短編部門を受賞した「海の星」ほか全六編を収める短編集。（光原百合）
み-44-2

水生大海
きみの正義は　社労士のヒナコ
学習塾と工務店それぞれから持ち込まれた二つの相談事。無関係に見えた問題がやがて繋がり……（表題作）。社労士二年目のヒナコが、労務問題に取り組むシリーズ第二弾！（内田俊明）
み-51-4

水生大海
熱望
31歳、独身、派遣OLの春菜は、男に騙され、仕事も切られ、騙す側になろうと決めた。順調に男から金を毟り取っていたが、一転、逃亡生活に。春菜に安住の地はあるか？（瀧井朝世）
み-51-3

（　）内は解説者。品切の節はご容赦下さい。

三津田信三
黒面の狐
敗戦に志を折られた青年・物理波矢多が炭鉱で起きる連続怪死事件に挑む！　密室の変死体、落盤事故、黒い狐面の女……。ホラーミステリーの名手による新シリーズ開幕。（辻　真先）
み-58-1

三津田信三
白魔の塔
炭坑夫の次は海運の要から戦後復興を支えようと灯台守の職を選んだ物理波矢多。二十年の時を超える怪異が待ち受けるとも知らず……。大胆な構成に驚くシリーズ第二弾。（杉江松恋）
み-58-2

山口恵以子
月下上海
昭和十七年。財閥令嬢にして人気画家の多江子は上海に招かれたが、過去のある事件をネタに脅される。謀略に巻き込まれた彼女の運命は……。松本清張賞受賞作。（西木正明）
や-53-3

薬丸　岳
死命
若くしてデイトレードで成功しながら、自身に秘められた殺人衝動に悩む榊信一。余命僅かと宣告された彼は欲望に忠実に生きると決意する。それは連続殺人の始まりだった。（郷原　宏）
や-61-1

矢月秀作
刑事学校
大分県警刑事研修所・通称刑事学校の教官である畑中圭介は、小中学校時代の同級生の死を探るうちに、カジノリゾート構想の闇にぶち当たる。警察アクション小説の雄が文春文庫初登場。
や-68-1

矢月秀作
刑事学校Ⅱ　愚犯
大分県警「刑事学校」を舞台にした文庫オリジナル警察アクション第二弾！　成長著しい生徒たちは、市内の不良グループの内偵をきっかけに、危険な犯罪者の存在を摑む。
や-68-2

柚月裕子
あしたの君へ
家裁調査官補として九州に配属された望月大地。彼は、罪を犯した少年少女、親権争い等の事案に懊悩しながら成長していく。一人前になろうと葛藤する青年を描く感動作。（益田浄子）
ゆ-13-1

（　）内は解説者。品切の節はご容赦下さい。

横山秀夫
陰の季節
「全く新しい警察小説の誕生！」と選考委員の激賞を浴びた第五回松本清張賞受賞作「陰の季節」など、テレビ化で話題を呼んだ二渡が活躍するD県警シリーズ全四篇を収録。（北上次郎）
よ-18-1

横山秀夫
動機
三十冊の警察手帳が紛失した——。犯人は内部か外部か。日本推理作家協会賞を受賞した迫真の表題作他、女子高生殺しの前科を持つ男の苦悩を描く「逆転の夏」など全四篇。（香山二三郎）
よ-18-2

横山秀夫
クライマーズ・ハイ
日航機墜落事故が地元新聞社を襲った。衝立岩登攀を予定していた遊軍記者が全権デスクに任命される。組織、仕事、家族、人生の岐路に立たされた男の決断。渾身の感動傑作。（後藤正治）
よ-18-3

横山秀夫
64（ロクヨン）（上下）
昭和64年に起きたD県警史上最悪の未解決事件をめぐり刑事部と警務部が全面戦争に突入。その狭間に落ちた広報官三上は己の真を問われる。ミステリー界を席巻した究極の警察小説。
よ-18-4

米澤穂信
インシテミル
超高額の時給につられ集まった十二人を待っていたのは、より多くの報酬をめぐって互いに殺し合い、犯人を推理する生き残りゲームだった。俊英が放つ新感覚ミステリー。（香山二三郎）
よ-29-1

吉永南央
萩を揺らす雨
紅雲町珈琲屋こよみ
観音さまが見下ろす街で、小さなコーヒー豆の店を営む気丈なおばあさんのお草さんが、店の常連たちとの会話がきっかけで、街で起きた事件の解決に奔走する連作短編集。（大矢博子）
よ-31-1

吉永南央
その日まで
紅雲町珈琲屋こよみ
北関東の紅雲町でコーヒーと和食器の店を営むお草さん。近隣で噂になっている詐欺まがいの不動産取引について調べ始めると、因縁の男の影が……。人気シリーズ第二弾。（瀧井朝世）
よ-31-3

（　）内は解説者。品切の節はご容赦下さい。

連城三紀彦
わずか一しずくの血
群馬の山中から白骨化した左脚が発見された。これが恐るべき連続猟奇殺人事件の始まりだった。全国各地で見つかる女性の体の一部に事態はますます混沌としていく……。（関口苑生）
れ-1-19

若竹七海
依頼人は死んだ
婚約者の自殺に苦しむみのり。受けていないガン検診の結果通知に当惑するまどか。決して手加減をしない女探偵・葉村晶に持ちこまれる事件の真相は少し切なく、少し怖い。（重里徹也）
わ-10-1

若竹七海
悪いうさぎ
家出した女子高生ミチルを連れ戻す仕事を引き受けたわたしはミチルの友人の少女たちが次々に行方不明になっていると知って調査を始める。好評の女探偵・葉村晶シリーズ、待望の長篇。
わ-10-2

若竹七海
さよならの手口
有能だが不運すぎる女探偵・葉村晶が帰ってきた！　ミステリ専門店でバイト中の晶は元女優に二十年前に家出した娘探しを依頼される。当時娘を調査した探偵は失踪していた。（霜月　蒼）
わ-10-3

若竹七海
静かな炎天
持ち込まれる依頼が全て順調に解決する真夏の日。不運な女探偵・葉村晶にも遂に運が向いてきたのだろうか？　「このミス」2位、決してへこたれない葉村の魅力満載の短編集。（大矢博子）
わ-10-4

若竹七海
錆びた滑車
尾行中の老女梅子とミツエの喧嘩に巻き込まれ、ミツエの持ち家の古いアパートに住むことになった女探偵・葉村晶。ミツエの孫ヒロトは交通事故で記憶を一部失っていた……。（戸川安宣）
わ-10-5

若竹七海
不穏な眠り
相続で引き継いだ家にいつのまにか居座り、死んだ女の知人を捜してほしいという依頼を受ける表題作ほか三篇。満身創痍のタフで不運な女探偵・葉村晶シリーズ。NHKドラマ化。（辻　真先）
わ-10-6